La Vie même

ISBN : 2-86930-591-5
ISSN : 0764-7786

Titre original : *La Vida misma*

106, boulevard Saint-Germain - 75006 Paris

Paco Ignacio Taibo II

La Vie même

Traduit de l'espagnol (Mexique)
par Juan Marey

Collection dirigée
par François Guérif

rivages/noir

Du même auteur
dans la même collection

Ombre de l'ombre (n° 124)
Cosa fácil (n° 173)
Quelques nuages (n° 198)
A quatre mains (n° 227)

dans la collection Rivages/Thriller

A quatre mains
La Bicyclette de Leonard

Avant-Propos

La ville minière de Santa Ana, au centre-nord du Mexique, n'existe pas, et, par conséquent, il n'y a jamais eu une municipalité rouge, ni un chef de la police qui écrivait des romans policiers. Cette histoire relève effrontément du domaine de la fiction. L'immense majorité des personnages n'existe que dans les pages de ce livre, et même ceux dont j'ai emprunté les noms et les signes distinctifs à la réalité disent des choses que l'on peut attribuer uniquement à mon imagination. Si je précise tout cela, c'est pour que personne ne pense que, par contre, le pays dont je parle est irréel. Je le connais, je vis avec lui tous les jours.

P.I.T. II/1986-1987

Ce livre est pour : Marc Cooper, journaliste à Los Angeles ; Carlos Monsivais, écrivain à La Portales ; Esther, propriétaire d'une librairie à Zacatecas ; Hector Mercado, avocat ; Juan Carlos Canales et Fritz Glockner, de Puebla... tous des personnages secondaires de cette histoire.

Et la pluie fera en sorte que dans
ce qui t'a donné vie tu redoutes la mort.

Francisco de QUEVEDO

Bien, les héros appartiennent aux livres.

André MALRAUX

1. Il pleut dans le D.F.[1]

« S'il ne pleuvait pas dans cette ville, il y a belle lurette que je l'aurais quittée », pensait José Daniel Fierro en pensant qu'il pensait. Parce qu'il y avait des idées qui étaient du travail, des pensées réutilisables qui formaient des phrases et qui, ensuite, prenaient le chemin du clavier de sa machine à écrire. La sensation lui appartenait, mais elle pouvait aussi bien appartenir au vieux partisan de Pancho Villa[2] qui travaillait dans une quincaillerie vers la moitié du chapitre 3 du roman qu'il était en train d'écrire. « S'il ne pleuvait pas... », écrivait-il dans sa tête en regardant les gouttes de pluie qui s'écrasaient sur le double vitrage devant sa table blanche et en imaginant sans les entendre le *splash* les petits *plop*. Il fallait donner à la phrase un peu du bruit du vent qui rabattait la pluie contre la fenêtre, et qui se transformait en image littéraire en secouant le laurier solitaire qui poussait dans la terre cultivée de l'îlot, et le faisait danser. « S'il n'y avait pas de laurier... », il serait également parti, lui, pas le vieux du chapitre 3. Chaque fois, il écrivait davantage qu'il allait s'en aller et, pourtant, il restait. Il alluma une mapleton sur le mégot de l'autre. Ana, assise derrière

1. *D.F.* : Distrito Federal. Administrativement, le Mexique (México) se divise en 29 États et 2 territoires fédéraux, auxquels il convient d'ajouter le District fédéral, dont le chef-lieu est Mexico (Ciudad de México), la capitale du pays.

2. *VILLA*, Francisco (1878-1923). Ce péon (ou voleur de chevaux ?) de l'État de Chihuahua, devenu un des généraux de la révolution, reste l'une des figures les plus populaires de cette période.

lui sur un fauteuil blanc, cessa de lire, leva les yeux et avança la main pour lui voler une cigarette :

— Tu sais combien il nous en coûte, de fumer ?

José Daniel lissa sa grande moustache noire tout en regardant tomber la pluie.

— 42 000 pesos par mois. Qu'en penses-tu ? L'emphysème pulmonaire est la maladie la plus chère à contracter en ce bas monde, dit Ana sans attendre la réponse.

— Un jour, j'ai entendu parler d'une syphilis qui a coûté à un type 200 000 pesos.

— Peuh ! C'est de la rigolade ! dit Ana. Un café ?

— Un double cognac.

— Quand on y pense bien, l'alcoolisme est encore plus cher, dit-elle, et elle prit le chemin de la cuisine. A mi-chemin, la sonnerie de la porte d'entrée lui fit changer de direction.

José Daniel Fierro toucha son coude douloureux. La pluie réveillait son arthrite.

Les débuts de chapitre doivent être percutants. Seul un écrivain de seconde zone commencerait un chapitre par : « S'il ne pleuvait pas dans cette ville... ». Il s'efforça de faire en sorte que la conversation sur le pas de la porte ne lui fasse pas perdre le fil de ses idées. Il le tenait presque. Il tapa à la machine, et débarrassa de son infecte blancheur la feuille de papier. « Un bon détective ne vit que dans les villes où il pleut autant. »

— Daniel, de la visite pour toi, dit Ana en lui soufflant presque les mots dans le duvet de sa nuque.

José Daniel se tourna et contempla les trois nouveaux venus : un jeune homme dépeigné avec une veste de cuir et des bottes, des lunettes très épaisses ; un barbu qui pouvait avoir la quarantaine, au regard farouche ; un homme de trente-cinq ans environ, très brun et aux yeux verts, qu'il avait souvent vu en photo.

— Entrez. Asseyez-vous, dit-il aux trois personnages qui s'efforçaient de ne pas salir de leurs bottes crottées le tapis blanc.

Ils s'approchèrent, la main tendue. L'écrivain fit pivoter sa chaise pour se mettre en face des nouveaux venus, et leur céda les deux fauteuils. Ana resta près de la porte, vigilante, dans une attitude d'Amphitryon-propriétaire.

— Nous faisons partie de la Commission, dit le jeune homme aux lunettes.

— Quel déluge ! dit José Daniel pour dire quelque chose.

— On vous a parlé, n'est-ce pas ? demanda l'homme aux yeux verts.

— Toi, tu es Benjamin Correa, affirma l'écrivain.

Le jeune homme acquiesça.

— Macario, le dirigeant de la section n° 23, et Fritz, le directeur de notre station de radio, répondit-il en désignant du doigt ses deux camarades.

— Non, personne ne m'a parlé, mais il n'y a pas de problème entre nous, dit l'écrivain. Et il ajouta : En quoi puis-je être utile ? La semaine de la Culture ? Je vous ai dit que oui, que j'irais, et j'ai signé le manifeste. Il est sorti aujourd'hui, non ?

— Nous voulons que vous nous signiez un autre petit papier, dit le dirigeant des mineurs.

— Un chèque ?

Les trois hommes se mirent à rire.

— Non, camarade Fierro, c'est plus sérieux que cela, dit Fritz Glockner.

José Daniel sourit.

— Nous voulons que vous soyez le chef de la police de Santa Ana, dit le maire de la municipalité rouge.

Les trois hommes se remirent à rire.

José Daniel Fierro émit un petit rire timide, hésitant.

— Vous voulez que j'écrive un roman policier sur Santa Ana ?

— Non. Nous voulons que vous soyez le chef de la police de Santa Ana.

— Allons donc, quelle idée ! s'exclama Ana.

— Vous parlez sérieusement ? demanda l'écrivain.

— Bien sûr, dit Benjamin Correa, et il alluma une delicado sans filtre.

Macario, le mineur, approuva avec un sourire rusé.

José Daniel Fierro les observa fixement, et essaya d'éviter le regard de sa femme.

— Une minute. Laissez-moi comprendre. Vous voulez que j'aille à Santa Ana et que je me charge de la police ? Il doit s'agir de la police municipale, n'est-ce pas ?

Les trois hommes acquiescèrent.

— Ce que vous êtes en train de faire me paraît très important. Au milieu de toute cette merde, votre expérience est fondamentale. Jusqu'à ce jour, s'entend. Je signe des manifestes, je vais à des manifestations, j'écris pour vous là où je peux le faire et, pour autant que j'aie quelque chose à dire, j'apporte mon appui financier, je me rends à Santa Ana et je participe à la semaine de la Culture. Ce sont des choses que je sais faire, que je peux faire. Jusque-là, ça va. Et je suis prêt à continuer... Mais être le chef de la police, quelle folie ! J'ai cinquante ans...

— Cinquante-deux, dit Ana dans son coin.

— Cinquante et un ! Et mon anniversaire est dans un mois..., lui répondit rapidement José Daniel. Et il ajouta : Je n'ai pas tiré un seul coup de pistolet de ma vie.

— Vraiment ? demanda Macario, qui ne parvenait pas à se mettre dans la tête qu'il se trouvait encore au Mexique quelqu'un qui n'avait jamais utilisé un flingue.

— Mais dans *Mort à la tombée du soir* tout est dit sur un 45, l'impact, le recul, la précision, la propreté du coup..., dit Fritz Glockner en souriant.

— J'ai pris tout ça dans un manuel d'armes italien, répondit l'écrivain pour se justifier. Et d'ailleurs, quelle importance ? Je n'ai pas la moindre expérience policière réelle. La fiction seulement. Seulement, la littérature.

— Dans *La tête de Pancho Villa*, vous racontez l'histoire de l'attaque de la banque. Et c'est ainsi que nous avons su comment ils s'y prenaient à Santa Ana.

— Eh bien, c'est que ça se passe ainsi. Merde alors ! Faut-il que je vous dise quelle différence il y a entre écrire et vivre ?

— Il n'y a pas de différence, dit le maire rouge. C'est seulement une affaire de kilomètres. Qui connaît la police, au Mexique ? Personne. Seulement vous, l'écrivain. Qui a onze romans à son actif ? C'est vrai, il m'en manque un, celui des ouvriers agricoles...

— *Le salaire*, dit José Daniel. Je dispose de quelques exemplaires...

— Ce qui se passe, peut-être, c'est que nous ne vous faisons pas nos propositions comme il faut, dit Fritz. Essayons plutôt comme ceci : en un an et demi, deux chefs de la police municipale de Santa Ana ont été assassinés. La police de l'État nous emmerde, nous avons besoin d'une bonne police municipale, de quelqu'un que l'on ne puisse pas tuer sans que n'éclate un bordel national, et même international. Par exemple, d'un écrivain qui vient de gagner le grand prix de littérature policière de Grenoble ou auquel le *New York Times* demande des entrevues. Un écrivain qui, tout en étant de gauche, est invité à l'émission de Rocha quand il publie un livre. Un écrivain qu'ils ne pourront pas tuer et qui, en outre, ait de la cervelle, des idées, un esprit d'enquêteur ; un écrivain qui serve le peuple et qui en outre mette au rancart les hommes du P.R.I. [1] et le gouvernement de l'État, quelqu'un dont le nom reste attaché à Santa Ana.

— Je vous comprends. Mais n'oubliez pas ceci : je suis un trouillard. J'ai peur. Ce pays me fait de plus

1. *P.R.I.* : Fondé en 1929, le Parti révolutionnaire institutionnel, parti officiel, contrôle toute la vie publique du Mexique.

en plus peur. Si je continue à parler et à écrire, c'est parce que j'ai encore plus peur de me taire.

— Aucune importance. Le courage, c'est notre affaire, dit le maire. Nous disposons d'une dizaine de types tout prêts à entrer dans la cage aux fauves, les menottes aux poignets, et à donner aux lions des coups de pied dans les couilles... Ce que nous voulons, c'est un homme comme vous. Imaginez un peu : « José Daniel Fierro, chef de la police de Santa Ana. »

— J'imagine, en effet.

— Eh bien moi, je divorce, dit Ana.

— Qui a eu cette brillante idée ? demanda l'écrivain.

— Nous on cherchait ici et là, on en parlait avec certains, et c'est Carlos Monsivais qui nous a donné l'idée.

— Merde alors ! Putain de plaisanterie !

— Pensez-y bien, maître. Non seulement vous nous rendez service, à Santa Ana, mais avez-vous songé à la quantité de romans policiers que vous pourrez écrire après ça ? Nous avons des crimes tout ce qu'il y a de chouette, dit Fritz.

— Ils nous font chier, dit le maire. Ils veulent nous rendre la vie impossible, ils suppriment des budgets, les gros bonnets nous harcèlent, ils ne versent pas l'argent de la municipalité, ils nous provoquent, ils cherchent à nous étouffer avec une des campagnes de propagande les plus noires de l'histoire du Mexique. Nous avons des élections dans huit mois : si nous les gagnons, ils vont nous envoyer l'armée, si nous les perdons, ils vont détruire toute l'organisation populaire qui a été créée. Nous avons besoin de toute l'aide que nous pourrons obtenir. Nous avons besoin d'un chef de la police... Alors ?

José Daniel comprit à ce moment-là comment le maire avait obtenu son poste. Il mettait une telle intensité dans ses paroles qu'il prenait son auditeur aux tripes et ne le lâchait plus.

— Il pleut souvent à Santa Ana ?
— Tous les jours, répondit Macario.
— Jamais, dit Fritz Glockner.
— Nous vous écoutons, fit le maire.
— Moi, je divorce, dit Ana. Je te jure que je divorce.

2. Notes pour l'histoire de la municipalité rouge de Santa Ana
José Daniel Fierro

J'ai découvert au moins six manières de commencer l'histoire de la municipalité rouge de Santa Ana, et cela en une seule journée d'automobile, en parcourant la panaméricaine vers le nord, avec trois compagnons singuliers. La première pourrait consister à narrer la lutte de la section n° 23 du Syndicat des mineurs pour se rendre indépendant de la C.T.M.[1], le syndicat officiel, depuis la moitié des années soixante-dix. La seconde, à étudier l'action de ce que l'on a appelé ici *La Voix du peuple*, l'hebdomadaire que Correa a lancé il y a sept ans, et qui a donné naissance à l'O.P., où se sont rassemblés des mineurs et des étudiants qui rentraient dans leur ville après avoir effectué leurs études à Guadalajara, à Monterrey ou dans le D.F. La troisième pourrait être l'histoire personnelle de Benjamin Correa, son style de fourmi, qui lui a permis de connaître Santa Ana comme personne, et quand je dis connaître, il faudrait entendre ce terme jusque dans son sens biblique, car les plaisanteries en voiture lui attribuaient au moins sept foyers secondaires alors que, officiellement, il était célibataire. Une autre histoire devrait être mise en rapport avec le travail qu'ont effectué par ici deux vieux communistes, un mineur appelé Don Andrés, maintenant à la retraite,

---

1. *C.T.M.* : Confédération des travailleurs mexicains. Étroitement liée au P.R.I., elle est minée par la corruption et le gangstérisme, selon la vision qu'en donne ce roman.

et un boutiquier ; ce sont eux qui, au bout du compte, ont engagé l'expérience dans la voie électorale. Il y a une cinquième manière d'aborder l'histoire de la municipalité, elle est liée à l'étude populaire montée par l'avocat Mercado et qui, pendant trois ans, a permis de conseiller légalement les paysans dépouillés de leurs terres, les locataires du marché ou les maîtres d'école licenciés. La sixième façon consiste à suivre la genèse de la municipalité populaire à partir des abus du tout-puissant P.R.I. et de l'exaspération des administrés.

On n'a que l'embarras du choix.

Mes compagnons d'automobile, une Renault délabrée, suggèrent l'histoire des morts comme un septième choix possible : Madera-le-Camard, jeté d'un monte-charge alors qu'il commençait à organiser les mineurs ; Doña Jerónima, vendeuse de poulets au marché, tuée par une balle perdue au cours de la manifestation du 20 avril ; Quintín Pérez, un paysan de quarante-cinq ans, pendu à la porte de sa hutte par les tueurs à la solde des grands propriétaires fonciers ; les sept enfants emportés par une épidémie à la fin des années quatre-vingt ; Daniel Contreras, écrasé par un ivrogne, le fils de Simpson, le gérant de la Santa Ana Mining Co. ; Lisandro Vega, un étudiant en droit natif de Santa Ana, le premier chef de la police de la municipalité populaire, abattu d'un coup de feu alors qu'il sortait de la prison ; Manuel, un ouvrier de Coca-Cola, poignardé par un jaune à la solde de l'entreprise, dans un piquet de grève ; Elpidio, l'instituteur, le second chef de la police de la municipalité rouge de Santa Ana, tué en poursuivant un camion chargé de marijuana, à 15 kilomètres de la ville.

Ce serait une autre façon de raconter cette ville, que j'avais inventée uniquement à partir de photographies et que j'avais toujours imaginée comme un grand rancho plein de drapeaux rouges. Et que, maintenant, je commence à voir de près, comme un mélange de rues asphaltées et pavées, des supermarchés, une place municipale, un réseau complexe de pouvoirs et de passions, une librairie (!), 11 cinémas, 11 bordels (reconnus et stables), 3 stations de taxis, 117 crimes passionnels par semestre, 1 654 mariages par an, 231 000 habitants, 21 églises, 42 écoles primaires, 4 écoles secondaires, une école préparatoire, un Géant, un Blanc, un Oxxo, un directeur de cinéma, 16 hôtels, 28 % de la production d'étain du pays, un cirque tous les deux mois, une municipalité rouge qui a gagné les élections par 86 000 voix contre 12 000, un tas de poussière et de terre éparpillée qui troublent la pureté de l'air léger des montagnes.

3. Chère Ana/13 avril

Chère Ana,

Bon, me voici en train de regarder la ville par la fenêtre de ma chambre à l'hôtel Florida (j'ai fait glisser une table de nuit jusqu'à la fenêtre, et elle fait office de bureau ; la machine à écrire est trop haute, j'espère que je n'aurai pas mal au dos parce que la chaise est très basse). Plaise au Ciel que tu ne sois pas trop pressée de m'accuser d'abandon du foyer conjugal, mais si je m'étais mis à discuter avec toi, jamais je n'aurais quitté la maison. Envoie-moi par les Transports Frontera un tas de rubans noirs pour Olivetti portable, de ceux que l'on vend dans la boutique qui fait le coin de la rue, et aussi le manuscrit original qui se trouve dans une chemise rouge retenue par un élastique, et le tas de romans de J.-P. Manchette que j'ai laissés près du lit, de mon côté, ils sont au nombre de sept environ, tu les verras tout de suite. Et si ce n'est pas trop te demander, ajoute la boîte d'aspirines gringas, celles qui sont enrobées entériques, et le pull bleu à col roulé.

Ne me demande pas ce que je fabrique à Santa Ana. Je l'ignore encore, et si je me mettais maintenant à te l'expliquer, ce ne serait que de la rhétorique. Une fois encore, après tant d'années. Excuse-moi.

Baisers,
J.D.

4. Hôtel Florida

Le jour se levait et la lumière qui venait de l'est semblait avancer lentement par la rue principale de Santa Ana, découvrant les taches blanches des maisons à 300 mètres et léchant les murs les plus proches.

Dans sa chambre au quatrième étage de l'hôtel Florida, José Daniel pensa que jamais il ne pourrait découvrir la qualité de cette lumière ; qu'il pourrait être le chef de la police de Santa Ana, parce que la vie est suffisamment étrange pour cela, et compliquée, mais que jamais il ne pourrait raconter à quiconque comment cette lumière molle progressait peu à peu vers lui et entrait dans la pièce.

Parce que les chefs de la police s'improvisent, mais les narrateurs des jours qui se lèvent sont le produit d'années de paroles.

Il avait les yeux très irrités par l'insomnie, mais la fenêtre l'attrapait comme un papier tue-mouches couleur paille et collant, un de ces papiers qui n'existent plus, et qu'il se rappelait avoir vus au cours de ses vacances d'enfant, à Veracruz.

De la fenêtre de la chambre d'hôtel, on voyait dix ou douze rues, puis l'avenue principale s'incurvait vers le nord et disparaissait derrière un bâtiment de quatre étages qui avait un cinéma au rez-de-chaussée. Une rue solitaire, avec la lumière artificielle encore allumée, et inutile maintenant, parce que le jour se levait rapidement.

José Daniel chercha un flacon de liqueur dans son sac de voyage et s'humecta les lèvres avec du cognac tiède. Toute la ville était peinte : les murs des maisons, les bancs, les murs d'enceinte, les poteaux électriques, les colonnes, et même quelques toits surbaissés, les façades des maisons, les bordures des trottoirs, les arbres. Tout était peint, avec beaucoup de couches et beaucoup de styles, par beaucoup de mains ; des lettres changeantes qui entassaient des mots d'ordre et des inscriptions, des avertissements et des insultes, des appels à la conscience, au vote, à l'organisation, les sigles de l'O.P., les appels à l'avenir, les souvenirs du passé, de cryptiques mises en garde à moitié écrites avec des lettres qui dégoulinaient jusqu'au sol.

Les murs racontaient l'histoire des deux dernières années de Santa Ana, invitaient à penser à la chaleur du bûcher, à l'animosité, à la guerre des mots.

Qui avait dit que les révolutions avancent sur un chemin de mots ?

José Daniel Fierro cligna de l'œil en contemplant la Grand-Rue de Santa Ana et se promit d'acheter un cahier et d'y écrire ce que disaient ces murs. Et même de prendre quelques photos.

— Monsieur le Chef de la police, je veux vous présenter le sous-chef de la police, dit la voix de Benjamin Correa dans son dos.

José Daniel se retourna.

— Barrientos, dit — et plus que dit, officiellement nommé — l'Aveugle.

Un petit homme trapu, aux épaules et au corps carrés, avec des verres de 15 dioptries devant les yeux, une grosse moustache et des sourcils rapprochés et épais, lui sourit, toutes dents dehors.

— Enchanté.

— Tout le plaisir est pour moi, maître, dit le petit homme trapu, dont les petits yeux étincelaient derrière ses lunettes de myope. Et il ajouta : J'ai déjà lu six de vos romans. Celui que je préfère est le roman sur Pancho Villa.

— Merci beaucoup, mon vieux, dit José Daniel fort cérémonieusement, et il lui serra la main.

— On l'appelle l'Aveugle parce qu'à 40 mètres il pète les couilles d'une mouche avec un 45. Pas à cause de sa myopie, précisa le maire.

— Vous faites bien de me le dire.

— La passation des pouvoirs aura lieu officiellement demain matin, mais l'Aveugle m'a dit que pendant que nous étions dehors il y a eu un assassinat, et j'ai pensé...

José Daniel regarda le lever du jour à la dérobée, comme pour s'en souvenir, honora une seconde fois son petit flacon de cognac, et sourit timidement :

— Allons, je vous écoute.

Il s'agissait d'une paysanne d'une trentaine d'années, aux mains croisées avec force, aux yeux irrités par des pleurs qui étaient déjà secs, avec une blouse bleue à fleurs qui dessinaient des guirlandes.

— On me dit que vous avez tué votre époux, madame. Pourquoi avez-vous fait cela ?

La femme se regarda les mains : toutes sèches, bourrées d'heures de travail.

— Avec une machette ? Vous lui avez donné six coups de machette pendant son sommeil ? Comment cela est-il possible, madame ?

Elle était assise sur un lit dans la cellule, à peine éclairée par une lampe de 60 watts qui pendait au bout d'un fil.

— Elle s'appelle Margarita, dit l'Aveugle.

— Voyons, Doña Margarita, pourquoi l'avez-vous tué ? Ou bien allez-vous prétendre que vous ne l'avez pas tué ? Mais enfin : on vous a bien trouvée la machette à la main, à côté du défunt ! Et vous étiez seuls dans la chambre, vous et lui ! Et lui, sur le lit... Dites-moi : pourquoi avez-vous fait cela ?

La femme leva le regard, contempla José Daniel un instant, puis tourna les yeux vers une petite fenêtre par laquelle la lumière commençait à entrer.

— Qui est ce monsieur ? demanda la femme à l'Aveugle sans le regarder.

— C'est le chef de la police, madame.

— C'est nous qui l'avons nommé ?

— C'est Benjamin qui l'a nommé. Il s'y connaît beaucoup en ce genre d'affaires.

— On donne à manger, ici ?

— Trois fois par jour, madame, ce n'est pas comme avant.

— Et pourquoi veut-il savoir ?

— Pour que nous soyons sûrs que c'est vous qui avez fait ça, et pour qu'il n'y ait pas d'erreur, et pour que justice soit faite, dit José Daniel.

— Justice a déjà été faite, dit la femme, et elle le regarda de nouveau à la dérobée.

— Quelle justice ? Tuer un homme c'est faire œuvre de justice, vraiment ?

La femme ne répondit pas.

L'Aveugle prit José Daniel par le bras et l'emmena jusqu'à la porte de la cellule. Ils sortirent et marchèrent dans la rue.

— On ne ferme pas la cellule ?

— On ferme la grande porte du couloir qui donne accès aux cellules. Mateo va la refermer tout de suite. Nous n'avons pas de prisonniers aujourd'hui. Ils sont sortis comme ils le font à chaque fin de semaine.

— Conduisez-moi au lieu du crime, Barrientos.

— Maître, appelez-moi l'Aveugle, autrement je vais me sentir tout drôle.

— Aveugles, nous le sommes tous, dirait la dame.

— Oui, elle dirait cela. Mais les coups de machette, elle ne les a pas ratés.

— Pourquoi ?

— Ça, seuls Dieu et elle le savent, rétorqua l'Aveugle.

— Si j'en crois mon énorme expérience en matière criminelle, seuls Dieu, elle et les voisins le savent... Voir page 163 de *Morts sans mémoire*.

— Celui-là, je ne l'ai pas lu, dit l'Aveugle.

— Vous n'avez pas perdu grand-chose, dit José Daniel.

Il alluma une mapleton et en offrit une autre à son compagnon qui, après avoir jeté un regard, puis un autre, sur la cigarette, en arracha le filtre avant de l'allumer.

— Nous avons une voiture de police ?

— Deux motocyclettes, deux bicyclettes et une Volkswagen avec une grille entre les sièges, mais elle est en train de faire le tour de la ville. Vous verrez ça... Allons-y. C'est du côté du quartier de La Gracia.

José Daniel se laissa guider par le pas rapide de l'Aveugle. Il fermait toujours un peu plus les yeux face à la lumière du soleil. Ils parcouraient des ruelles, quittaient l'asphalte pour gagner la terre et les pavés et, bien vite, ils commencèrent à croiser des laitiers, des mineurs en combinaison kaki — leur uniforme —, des femmes qui portaient des fruits et des légumes au marché. Il faisait froid.

— Vous allez vous plaire, par ici, dit l'Aveugle. Il se passe toujours quelque chose.

José Daniel acquiesça.

5. Notes pour l'histoire de la municipalité rouge de Santa Ana
José Daniel Fierro

Benjamin Correa, trente-deux ans, docteur en médecine de l'U.N.A.M.[1], est né à Santa Ana. Il s'agit d'un enregistrement que j'ai fait quand nous venions ici. Pour sacrifier à l'hyperprécision, je dirai que ça s'est passé sur l'énorme droite entre San Luis et Matehuela, quand on parle longuement, quand on raconte tout, parce que la route sans arbres, sans lumières, vous oblige à tout raconter du fond de vous-même. Ponctué par moi, J.D.F.

Benjamin Correa : ... ma faute, l'écrivain. Il est possible que ce soient d'autres choses qui vous poussent à agir, vous : le prestige, la froide conscience, l'esprit de responsabilité, la haine. Des choses de ce genre. Moi, c'est le sentiment de la faute commise. Santa Ana et moi nous sommes mariés dans ce foutu sentiment de la faute commise. Ou plutôt des fautes. Il vaut mieux parler de beaucoup de fautes. En 1976, je suis allé à Mexico parce que l'année universitaire commençait, et on m'a dit : « Reste pour la manif, ça va être du tonnerre. » Alors j'ai pris le bus et je me suis tiré. Je m'y connaissais suffisamment en médecine pour soigner des blessés, et le lendemain on comptait 30 blessés par balles, ou à coups de matraque et de machette, ou mordus par les chiens. Et moi, connard que j'étais, dans ma salle de classe, en train d'étudier des radiographies du thorax de vieillards suisses, parce

1. *U.N.A.M.* : Université nationale autonome de Mexico.

que c'étaient celles dont disposait le prof, pour savoir si en 1950 ils avaient eu la tuberculose et comment. Et ici ils mouraient tout seuls. Ma cousine Evelina avec deux balles dans l'estomac... Il n'y a pas de mystère. Une foutue faute, et pas autre chose. Ça c'en est une, et il y en a bien d'autres. J'en ai une liste longue comme ça, comme ça ! De toutes les fois où je me suis tu, de toutes les fois où je me suis sauvé, de toutes les fois où je me suis dégonflé... Maintenant, je dors sur mes deux oreilles et, si l'on me tue, je n'en dormirai que mieux. Si chacun fait ce qu'il a à faire, nous ne nous en trouverons que mieux. Voilà le secret de tout le jeu de l'O.P. : Demander aux gens de faire ce qu'ils doivent faire, et non ce qui serait le mieux, ou le plus souhaitable, ou le plus avantageux, ou le plus révolutionnaire. Simplement, ce qu'ils doivent faire.

J.D.F. : Les belles paroles ! Cette théorie politique est meilleure que la plupart de celles que j'ai entendues ces dernières années.

Benjamin Correa : Des paroles foutrement belles, en effet. Si nous nous trompons, ils vont faire reprendre à cette ville le chemin du XIXe siècle.

J.D.F. : Le XIXe siècle était sacrément bien, avec le libéralisme de Juárez [1] et tout le reste.

Benjamin Correa : Du XIXe siècle de Santana [2].

Fritz : Tu donnes dans l'Apocalypse, vraiment, il faudrait...

---

1. *JUÁREZ*, Benito (1806-1872). D'origine indienne, membre du parti libéral, il s'oppose à la dictature de Santa Anna et poursuit le mouvement de la Réforme : Lutte contre les privilèges du clergé et de l'armée, mise en vente des biens du clergé et des communautés indiennes *(ejidos)*. Mit fin aux prétentions de Maximilien, fusillé à Querétaro.

2. *SANTA ANNA* (Antonio Lopez de) : dictateur et général malheureux, Santa Anna par le traité de Guadalupe Hidalgo (1848) cède aux États-Unis d'Amérique la moitié du territoire mexicain.

Macario : Ils vont se casser les dents, vous verrez.

Benjamin Correa : J'espère qu'ils ne vont pas tout m'enlever. Ce serait vraiment la joie s'ils nous la coupaient à tous en rondelles.

Macario : Ne foutez pas la frousse au chef de la police, connards... Vous aimez les haricots *charros* [1] ? Ici, à Santa Ana, ils les préparent sacrément bien.

J.D.F. : Il y a longtemps...

Benjamin Correa : Le sentiment de la faute commise, vous voyez ?

---

1. Plat à base de haricots (*frijoles*) auxquels on ajoute de petits morceaux de viande, de la tomate et du piment (*chile*).

6. Une casquette de joueur de base-ball

— Cette chemise vous va sacrément bien, dit l'Aveugle.

La municipalité fournissait l'uniforme des policiers : une chemise et un pantalon couleur café clair, une veste de cuir avec une peau de mouton pour le froid, un chapeau texan ou une casquette de joueur de base-ball. José Daniel opta pour la casquette de joueur de base-ball avec la devise : « Santa Ana vaincra » au-dessus de la visière. Une petite brune eut toutes les peines du monde à obtenir à la coopérative un pantalon à sa taille, « long et un peu large à la ceinture », selon la description de l'Aveugle.

Ils sortirent du magasin-coopérative, plein de gens à 8 heures du matin, et se mirent à marcher. José Daniel souriait. Il se sentait « en uniforme » et, en outre, il avait trouvé dans le magasin-coopérative de la municipalité deux de ses romans, à des prix que l'on ne pratiquait plus depuis longtemps.

— Le shérif a droit à une plaque ?

— A vrai dire, je n'ai jamais posé la question. Il a droit à un certificat de nomination, ça oui.

— Sans la plaque, je ne me sens en uniforme qu'à moitié, dit José Daniel.

Il s'arrêta devant un éventaire de jouets, et fouilla dans les macarons : il y en avait de Snoopy, de *All you need is love*, de Che Guevara, du Front sandiniste, de Rafael et Rocio Durcal. Il en choisit un qui représentait l'Homme-Araignée dans une attitude de défi.

— Vous en voulez un ?

— Je crois bien que non, dit l'Aveugle.

José Daniel l'épingla sur sa chemise neuve.

— Maintenant, oui. Un grain de folie de plus ou de moins... Merde alors, j'ai l'impression d'avoir 30 ans.

— Moi aussi.

— Et vous, combien en avez-vous ?

— 28, merde.

Ils cheminèrent aux alentours du centre de la ville. Des édifices bas, qui donnaient sur des maisons de rapport avec une cour centrale, de petits bazars. Tout était peint. Tout, pas un millimètre carré d'espace découvert. Des annonces pour la bière de tous côtés. L'Aveugle le conduisit à un immense bâtiment public. José Daniel commençait à s'orienter : là, le palais, l'hôtel, la prison...

On montait par un grand perron surmonté d'une peinture murale à demi achevée qui représentait le diable, Reagan et deux hommes en chapeau jouant aux cartes.

— Eux, c'est qui ?

— Le vieux gros bonnet et son frère, les Barrio. Les chefs du P.R.I. à Santa Ana. Moi, à votre place, je n'oublierais pas leur tête. Ils sont bien plus emmerdants que le diable et Reagan réunis.

L'escalier conduisait à une balustrade qui entourait une cour centrale avec une fontaine coloniale. Les bureaux avec des portes en bois blanc encastrées dans la pierre de taille avaient d'énormes inscriptions : Coordination culturelle, Dispensaire médical, Radio Santa Ana, Poste de Police.

— Tout ce côté-ci de l'édifice est à nous. Ceci et la prison. La mairie et la coopérative de chapeaux occupent l'aile gauche.

Devant la porte de Radio Santa Ana, Fritz était en grande discussion avec une délégation d'élèves de l'école secondaire qui exigeaient qu'on leur permette de faire une émission sur *Chucho, le gandin des bas quartiers*, sous la direction du professeur d'art dramatique. Fritz le salua de la main et montra sa casquette neuve.

L'Aveugle ôta un cadenas rouillé et ouvrit la porte du poste de police.

— La moitié du personnel n'est pas bien loin, vous les verrez bientôt. L'autre moitié se trouve dans les bureaux voisins. Celui-ci vous est personnellement réservé.

C'était une pièce digne de Marlowe. Un bureau en bois des années cinquante, une persienne qui ne laissait filtrer que de minces rais de lumière, un portemanteau pour accrocher des gabardines inexistantes et des chapeaux, deux classeurs métalliques, gris, qui avaient été forcés avec un pied-de-biche, et en portaient la trace ; une chaise roulante, légèrement inclinable, avec un dossier fait de petits barreaux. Une cafetière neuve qui, étrangement, détonnait en ce lieu.

L'Aveugle surprit le regard de José Daniel.

— La cafetière appartient à Elpidio... enfin, à sa femme. C'est la seule chose qu'il avait apportée. Voilà.

José Daniel marcha posément vers sa chaise, s'y laissa tomber et mit les pieds sur le bureau. D'une chiquenaude, il repoussa la visière de sa casquette et ferma à demi les yeux pour rêver d'autres rêves.

— Dans le tiroir, il y a le pistolet d'Elpidio. Comme vous ne vous y connaissez pas en la matière, n'importe quelle arme à feu peut faire l'affaire. Quoique je vous recommanderais plutôt un fusil à chevrotines : il permet de tirer au jugé et ne rate jamais sa cible à 10 mètres.

— C'est donc si sérieux, par ici ? demanda José Daniel, et il s'étira pour brancher la cafetière. J'ai l'impression d'être dans un film, et dans les films... Non, attends, dans un roman et, comme le disait Malraux, les héros appartiennent à la littérature.

— Sérieux ? Que voulez-vous dire ? interrogea l'Aveugle. Il se laissa tomber sur un tabouret, devant le bureau, et ajouta : Si vous voulez dire qu'ici c'est sérieux parce que l'on tue, eh bien, oui, on tue, et moi, à vrai dire, je n'aime pas cela. Je n'aime pas qu'on tue en traître. Je n'aime pas qu'on tue et que, ensuite, on s'en vante. Je n'aime pas que l'on promène la peur dans nos rues et qu'ensuite on nous la balance dans nos maisons... Ce pays était un pays de gros bonnets, maître. Ici on vous crevait la panse parce que vous osiez respirer, à plus forte raison parce que vous osiez sourire. Ici, il reste en liberté beaucoup d'enfants de putain. Oui, beaucoup d'enfants de putain. Et ce que nous faisons ne leur plaît pas.

— Au fait, que faites-vous ? dit José Daniel en regardant fixement le sous-chef de la police — qu'il n'avait pas encore vue — de la ville, qu'il devinait pour l'instant à moitié.

— Le pouvoir populaire, mon cher. Une bien foutue question, sauf le respect que je vous dois. Vraiment, vous croyez que vous pourriez être le chef de la police d'une municipalité du P.R.I. ?

— Pas question... Qu'étais-tu, l'Aveugle, avant d'être policier ?

— Secrétaire de l'intérieur du syndicat des chauffeurs de taxi.

— Et pourquoi as-tu changé d'emploi ?

— Ce sont des choses qu'il faut faire. Ça ne vous est pas arrivé, à vous aussi ?

— Je ne sais pas très bien ce qui m'est arrivé. Avoir cinquante ans, sais-tu ce que c'est ?

— Pas encore, mais ça ne va pas tarder... Bien que je ne sois pas pressé...

— C'est se dire que la meilleure époque de la vie est passée... C'est aussi bête que ça. J'ai une moustache poivre et sel. L'as-tu remarqué ?

— L'Aveugle, vas-y ! L'Aveugle, remue-toi ! cria une voix qui se transforma ensuite en un personnage disgracieux et poilu, au visage cramoisi, qui entra dans le bureau en courant.

— Salue le chef, Tignasse.

— Chef, dit Tignasse en se mettant au garde-à-vous, une affaire urgente. Je passe au rapport : on m'a prévenu que dans les toilettes de El Refugio les filles demandent du secours. On les séquestre, c'est sûr. La voiture est dehors.

— Vous les avez vues, Tignasse ? interrogea l'Aveugle.

— On m'a prévenu.

José Daniel commenta :

— « On va voir ça », dit un autre aveugle.

Il se leva et sentit son genou craquer.

La voiture était une Volkswagen cabossée et avec des cicatrices de rouille, peinte de deux bandes horizontales, une rouge, l'autre noire. Tignasse se mit au volant. L'Aveugle laissa José Daniel s'installer sur le siège arrière, pour qu'il s'y recroqueville.

— J'ai les jambes trop longues.

— Nous aurions dû y aller à moto.

— Je mets la sirène ? demanda Tignasse.

— Inutile.

La voiture passa devant une douzaine de pâtés de maisons en soulevant la poussière et s'arrêta dans la rue principale, devant des commerces. Le trio des policiers de Santa Ana entra dans le magasin. José Daniel alla jusqu'au fond, comme poussé par une main d'enfant qui l'aurait projeté vers quelque endroit prometteur. Ils dépassèrent le rayon de vêtements féminins et avançaient au milieu des tissus quand on les arrêta.

— Où vas-tu, l'Aveugle ? demanda un homme en costume de ville, en lui coupant le passage et en l'empêchant de passer derrière les comptoirs.

— Vous voulez parler du sous-chef de la police de Santa Ana ? demanda José Daniel, en plein dans son rôle.

De Bogart qu'il était, il se métamorphosa en Clint Eastwood, et posa un doigt sur l'estomac de l'homme en costume de ville :

— Savez-vous que vous entravez la bonne marche d'une enquête ?

— Mes couilles, dit l'homme. Et, de la paume de la main, il donna de petits coups sur le doigt accusateur de l'écrivain.

— Nous savons que vous avez enfermé des jeunes filles dans les toilettes, dit l'Aveugle, son 45 déjà au poing.

— Dans les toilettes des femmes. Elles ont dû s'y enfermer toutes seules.

Une cinquantaine d'acheteurs s'approchaient.

Tignasse s'avança vers les couloirs qu'il y avait derrière les comptoirs. Ils passèrent par le rayon parfumerie et le rayon des appareils ménagers. Au loin, on voyait des gens qui s'agitaient. José Daniel suivait le pas rapide de ses assistants.

Deux hommes étaient debout devant les toilettes pour femmes. La porte était entourée de boîtes vides, de tubes en carton qui avaient servi à envelopper des tissus et de grands morceaux de polyéthylène granulé provenant d'emballages de radiateurs et de réfrigérateurs qui donnaient à ce bout de couloir des allures de coulisses.

— Tenez, regardez-moi celui-là : le gros bonnet de la C.T.M., ni plus ni moins, dit l'Aveugle.

Et il désigna un petit gros en chemise bleue qui se trouvait devant la porte.

— Vous faites la queue devant les toilettes des dames, monsieur ? demanda José Daniel en jouant les Archer tout en y ajoutant une touche de Woody Allen.

L'Aveugle, plus expéditif, leur fit signe de s'écarter avec le canon de son revolver.

— Vous êtes là ? cria Tignasse.

On entendit deux voix :

— Allons, laissez-nous sortir... Nous ne signerons pas.

Tignasse essaya d'ouvrir, mais en vain.

— Reculez ! cria-t-il.

Et, d'un coup de pied, il enfonça la porte, qui ne lui opposa guère de résistance.

Les curieux, dont le propriétaire du centre commercial, avaient envahi les couloirs. José Daniel alluma sa dernière mapleton et jeta le paquet vide à terre.

Quatre jeunes filles sortirent par la porte en se bousculant et en heurtant les curieux. L'une d'elles dit à l'Aveugle :

— Ils nous avaient enfermées jusqu'à ce que nous adhérions au syndicat de la C.T.M. Lui, il m'a donné une baffe.

— Ils nous ont dit que nous allions rester là-dedans sans manger jusqu'à ce que nous adhérions, dit, dans un sourire, une petite jeune fille qui louchait.

Les curieux lui rendirent son sourire.

— Mesdemoiselles, qui vous a enfermées ? demanda José Daniel.

— Dominguez, le patron.

— Oui, lui, Dominguez, et le gros bonnet de la C.T.M., Martin Guerra, ce gros dégoûtant.

— Pas du tout, dit le gros en question.

— Jetez-moi ces deux-là en prison, l'Aveugle, dit José Daniel. Je les accuse de séquestration. Maintenant, dressons le procès-verbal.

Les curieux firent entendre quelques timides applaudissements.

L'Aveugle braqua son arme successivement sur le patron et le gros bonnet syndical. Puis, à voix basse, il demanda au nouveau chef de la police de Santa Ana :

— Vous en êtes sûr ?

— Enfermons-les. Ensuite, nous aviserons, répondit José Daniel Fierro.

Et, fort galamment, en plein dans un rôle à la Robert Mitchum, il offrit son bras à la petite jeune fille qui louchait.

7. Chère Ana/14 avril

Chère Ana,

Pour l'instant, plus de comédie que de tragédie, bien qu'il y ait quelque chose dans l'air qui oblige à cligner les yeux et à froncer parfois les sourcils. Il y a un moment, j'ai pris possession officiellement du poste de police de Santa Ana. Des camarades de l'O.P., des curieux et des journalistes du D.F., de Monterrey et de Torreón. Qui peut bien s'occuper des relations publiques dans la municipalité rouge ? Celui-là, en tout cas, il s'y prend à merveille. Il faut faire appel à toute l'aide possible : cette idée, que ne cessent de me rabâcher Benjamin et les dirigeants de la ville, est très claire pour eux.

Oui ou non, est-ce que je me prends au sérieux ? Je me moquais un peu de moi-même, mais le discours de Benjamin pendant la passation des pouvoirs m'a fait froid dans le dos. Pendant quelques minutes, j'ai senti que je faisais partie d'un projet qui se bat pour survivre dans un pays vaincu par tant de cynisme, tant d'impudeur, tant de mensonge officiel, tant de barbarie en liberté. Ce pays que nous connaissons dans le D.F. et qui semble ne pas avoir d'issue, qui nous dit jour après jour que nous faisons partie des vaincus, que tout rêve est impossible à l'exception du cauchemar, et que ce dernier nous étouffe.

J'ai opté pour une voie moyenne. Moi, je ne me prends pas au sérieux, mais l'expérience de la municipalité rouge de Santa Ana, elle, je la prends très au sérieux.

En attendant, il y a ici matière à une douzaine de romans, c'est vrai, mais je ne vais jamais pouvoir les écrire.

Dans le bureau voisin, ce sont les hommes de la radio qui travaillent. Tu serais enchantée de les connaître. Ce sont les êtres les plus extraordinaires — de véritables extraterrestres — que j'ai découverts à Santa Ana. Fritz, le coordinateur de la production, est en train de monter des haut-parleurs sur les poteaux télégraphiques. Il produit des émissions sur l'agriculture et l'élevage, des feuilletons épiques, de la publicité rouge, et s'efforce de faire échec à un système de brouillage mis en place sur la colline voisine par le gouvernement de l'État. Juan Carlos Canales, un grand maigre, exerce les fonctions de présentateur, d'animateur et de financier du projet. Il m'a parlé de deux réalisations qu'il est en train de mener à bien pour cette semaine : une émission en direct sur les putes de Santa Ana, au cours de laquelle elles dénonceront les patrons des bordels et s'organiseront, et un feuilleton radiophonique basé sur la Bible, avec un homme du P.R.I. dans le rôle de Lucifer.

J'ai les articulations qui craquent. Je suppose que ce doit être à cause de l'extrême sécheresse de cette ville. Maintenant qu'il commence à faire froid, envoie-moi les aspirines.

Je t'aime de loin.
J.D.F.

8. Du rhum pendant le service

— Assieds-toi, camarade chef de la police.
— Je m'assois, camarade maire.
— Un rhum ?
— Jamais pendant le service.
— Vraiment ?
— Mais non, mon vieux, comment veux-tu ! Ce qu'il y a, c'est que je n'avais jamais eu l'occasion de placer certaines phrases. Cette ville est en train de m'expédier la tête la première dans un coin d'Hollywood que je gardais dans un repli de mon cerveau.
— Ça me paraissait vraiment con, parce que, à l'exception des heures de sommeil, et celles-là on ne peut pas les arroser, toutes les autres heures, à Santa Ana, sont des heures de service. Et avec un régime sec elles seraient pires encore, camarade chef de la police.
— Deux rhums, deux, camarade maire !
Benjamin Correa sortit le rhum allez donc savoir d'où sous le bureau, dans un verre en carton, mais avec des glaçons et tout, et le posa devant José Daniel Fierro. Derrière le maire se trouvait le drapeau rouge et noir frappé du sigle de l'O.P., mais les photographies de la rhétorique rouge manquaient. Il n'y en avait qu'une. José Daniel fit un effort. Cette photo-là, il ne l'avait jamais vue, mais elle lui en rappelait d'autres qui représentaient le même homme dans une chaîne de prisonniers : Librado Rivera.
— Tu mets un anarchiste au mur, maintenant ?
— Oui. Lorsque je commence à désespérer, je lis sa biographie. Personne n'a mieux compris que lui

que la révolution, au Mexique, ça va être une affaire d'entêtement.

José Daniel avala son rhum en lui laissant le temps de réchauffer sa gorge. S'il continuait avec le répertoire hollywoodien, il pouvait opter entre Bogart et Peter Lorre : le cynisme ou la sottise apparente. Il choisit de laisser le dernier exemple de rigueur cinématographique à Fred Astaire. Il se mit debout, dansa quelques pas de claquettes, et sourit.

— Dans les années cinquante, j'ai fréquenté une salle de danse. Nous dansions un morceau de Tommy Dorsey jusqu'à l'épuisement. Ce devait être le seul disque qu'ils avaient. Et toi, que faisais-tu à cette époque ?

— Moi, j'étais un enfant, dans les années cinquante, chef Fierro... Ce n'était pas le *Chef Fierro* que l'on voyait dans les dessins animés de Mickey Mouse ?

— Ah, là il m'a bien eu !... Alors ? Comment dois-je m'y prendre ?

— 50 %.

— Je suis tout ouïe.

— Ici tout est politique, et mettre en taule le propriétaire de quelques grands magasins et le patron de la C.T.M., c'est de la politique. Et il faut faire attention, parce que si nous y allons un peu trop fort, ils nous envoient l'armée, et adieu notre expérience... Ça, c'est le 50 % qui ne va pas. Avant de faire ce genre de choses, il faut en discuter un peu. Voilà ce que j'ai appris au cours de ces deux dernières années.

— Et le 50 % qui va ?

— En faisant pression, nous avons obtenu que les filles restent dans le Syndicat démocratique du Commerce au lieu que, de force, on les fasse aller chez les jaunes.

— Nous allons avoir un procès ?

— Quelle importance ? Tous les juges sont de leur côté.

— J'en prends bonne note, camarade maire, dit José Daniel Fierro.

Il se donna quelques tapes sur les cuisses avec sa petite casquette de joueur de base-ball, puis se leva.

— Où avez-vous trouvé le macaron de l'Homme-Araignée ?

— Je l'ai acheté quelque part. Pourquoi ?

— Vous m'en rapporterez un, d'accord ?

9. Des dossiers déplacés par la brise

Du doigt, il accompagnait sa lecture. La brise qui passait par les deux fenêtres, faisant un courant d'air, déplaçait les feuilles, et il devait les retenir de la main gauche. L'Aveugle marchait de long en large dans la pièce et s'arrêtait tous les trois pas pour le regarder, et s'assurer qu'il ne sautait pas des pages, qu'il ne laissait pas passer des paragraphes, qu'il ne mangeait pas des lettres.

— Deux grands, et trois petits, dit José Daniel, le doigt sur le point final de la dernière phrase du dernier dossier.

— Deux grands, et trois petits, répéta l'Aveugle.

Et il compta sur ses doigts, pour qu'aucun détail de la mémoire n'échappe à sa main.

— Voilà les affaires en cours.

— Plus les affaires ordinaires, rappela l'Aveugle.

José Daniel approuva. Par les fenêtres n'entrait pas seulement la brise, mais aussi une série de chansons de la guerre civile espagnole. Il les avait entendues presque toutes chez une de ses sœurs mariée avec un fils d'exilés. Santa Ana était une ville étrange. Il était lui-même un étranger. Au bout de seulement deux jours, il était absolument, totalement, un étranger. Pas mal. Pas mal du tout. Pas mal, pas mal, pas mal du tout.

— Alors, quand me donnez-vous un pistolet ?

— J'y ai pensé. M'est avis que le mieux c'est de vous donner le fusil de Lacho Vázquez. Avec celui-là, vous ne risquez pas de rater une charrue à 5 mètres. Il se charge par la culasse. Six coups. Des munitions bon marché. La municipalité peut payer facilement et, comme ça, vous ne tuerez personne par hasard.

— L'Aveugle, mon camarade, vous n'avez guère confiance en moi.

— Pour lire les dossiers, vous êtes un champion, monsieur le Chef de la police. Vous les lisez trois fois plus vite que moi.

— Par lequel veux-tu que nous commencions ?

— C'est comme tu voudras... On se tutoie, ou on se vouvoie ?

— Ça dépendra de la direction du vent, camarade.

— Alors pourquoi ne pas commencer par un des petits : la fusillade du restaurant de la 4e Rue, il y a une semaine.

— J'ai besoin d'un tableau, dit José Daniel.

— Pour donner des cours de quoi ? interrogea l'Aveugle.

— De roman policier, mon cher assistant. Et je veux voir ici l'agent qui signe Luix Lomax.

— Popochas ?

— Soi-même.

— Je reviens tout de suite, dit l'Aveugle, et il alla exécuter les ordres.

José Daniel alluma une cigarette et tira le flacon de sa poche arrière. Il était passé des mapletons aux delicados avec filtre, et du brandy espagnol à l'eau-de-vie. Ne s'agissait-il pas, selon toute évidence, d'un processus de prolétarisation ? Ce matin-là, il s'était glissé hors de son lit, à l'hôtel Florida, avec la ferme intention de comparer Santa Ana aux autres villes. Il s'était proposé de se démontrer que Santa Ana c'était mieux que Reims et que Houston, que Séville et que Maracaibo. Il suffisait de trouver les arguments pour cela. De les écrire, de les mettre noir sur blanc, et ils deviendraient vrais. Pourtant, le papier immaculé avait gagné la bataille. Putain de merde, cette eau-de-vie était encore pire que le gazogène qu'utilisaient les taxis madrilènes. Le papier blanc gagnait la bataille. Pour le moment, il fallait vivre des histoires au lieu de les raconter. Quelles histoires ? Celle des deux blessés dans une gargote, par exemple ? Santa Ana, c'était mieux que Rome, parce que les couples, se tenant par la main, marchaient sur la place centrale, pleins de pudeur, et faisaient de l'amour un acte d'innocence. Sur un papier, il nota un nom : « Barrio. » Dessous, il écrivit : « Séville, oiseaux, pain. » Il avala une autre rasade d'eau-de-vie. Il pouvait se passer de sa brosse à dents, oubliée dans le D. F. L'eau-de-vie locale la remplacerait avantageusement.

— Prêt, chef, dit l'Aveugle en entrant dans le bureau avec le tableau demandé.

— Et Popochas ?

— En chemin, j'ai demandé qu'on l'appelle à la radio, et comme la ville est pleine de haut-parleurs, dans un moment il sera là.

— Voyons, l'Aveugle, récapitulons, dit José Daniel, doctoral. Et il ajouta : Nous avons donc une gargote avec six personnes, n'est-ce pas ? Nous allons les représenter.

— Où ? demanda l'Aveugle.

— Sur le tableau. Puis nous allons nous demander qui elles sont. Puis nous allons essayer de comprendre pourquoi cinq d'entre elles ne veulent pas dire qui a tiré sur les deux autres, qui ont été blessées. Puis nous allons nous demander pourquoi les deux blessés ne veulent pas dire qui a tiré. Puis nous allons nous demander à qui appartenait le pistolet que l'on a trouvé par terre, et quelle était la trajectoire des balles. Nous allons nous demander ce que mangeaient ces personnes, qui elles étaient, ce qu'elles demandaient à la vie, merde, comment elles s'habillaient.

— Et tout ça sur un tableau ?

— C'est bien à cela qu'ils servent. On les efface quand ils sont pleins puis on recommence. On ne fait jamais, ici, l'examen à la paraffine, ou quoi ?

— Si on le fait, ça va être sacrément positif, chef.

— Améliorez votre sens de l'humour, sous-chef Barrientos.

— Voyez-vous... Comme dit Canales, qui en plus d'être présentateur à la radio, est poète, tout est contagieux, même l'amour.

10. Notes pour l'histoire de la municipalité rouge de Santa Ana
José Daniel Fierro

Il y a deux dates que l'on cite régulièrement dans les conversations avec l'O.P., le pouvoir populaire de Santa Ana : la manifestation du 20 avril et la réunion du 24 décembre. Curieusement, la date de la victoire électorale (je crois qu'elle a eu lieu en août) ne me revient pas si je rassemble les bribes de conversations qui flottent dans ma tête. On dirait — et là de nouveau j'interprète au lieu de raconter — que la victoire a été la conséquence de *la* manifestation, parce qu'il s'agit de *la* manifestation, bien que l'on ait dû me parler de trois autres, qui ont leurs héros et leur gloire propres. La manifestation au cours de laquelle Lacho a grimpé au palais par les arcades, comme un singe africain, ou *la* manifestation de 73, avec ses coups de feu, ou *la* manifestation qui a duré deux jours. Mais *la* manifestation, c'est celle du 20 avril, et le 24 décembre, dans le bavardage rouge de Santa Ana, n'a rien à voir avec Santa Claus ou la naissance du Divin Enfant, mais seulement avec *la* réunion.

Si je dis cela, c'est parce que le meilleur évaluateur politique, le meilleur révélateur de réalités, le meilleur appréciateur de l'importance des hommes et des événements est peut-être la mémoire collective. Je raconte ce que l'on m'a raconté. Je ne sais même pas encore ce qui vient en premier, de la réunion du 24 décembre ou de la manifestation du 20 avril. Je suppose que, logiquement, la réunion a précédé de quelques mois la manifestation et que, dans celle-ci, l'O.P. existait déjà.

Les personnages sont semblables et différents. *La* réunion, dans le jargon de l'O.P. et des militants du peuple, est marquée à parts égales par Benjamin, l'avocat Mercado, le vieux Guïcho et feu le chef de la police et ex-dirigeant des enseignants, Elpidio. Elle a aussi son mot historique : « Si vous continuez à dire des conneries, je me fais sauter la cervelle pour donner l'exemple », prononcé par Don Guïcho. Et elle a ses reliques : le pistolet de Don Guïcho, la chemise ensanglantée de Quintín Ramírez, sur laquelle on a fait le serment de lutter jusqu'au bout, quoi qu'il en coûte, et un panama qu'arborait ce jour-là Barrientos, mon assistant, et dont tout le monde se souvient (il va falloir d'ailleurs que je lui demande ce qu'est devenu ce foutu chapeau).

La manifestation est plutôt une propriété collective. Chacun a ses six ou sept héros favoris : Benjamin Correa, bien entendu, Elpidio, qui était à côté de lui, le narrateur lui-même, Lacho, un de ses cousins qui passait par là, et Doña Caro, et Doña Jerónima, aujourd'hui décédée. Elle a sa phrase célèbre : « Ils n'ont qu'à nous tuer tous. Morts, nous sommes encore plus cons », dite par Benjamin pour arrêter ceux qui couraient quand la fusillade a commencé. Et elle a son espace propre, uni à jamais au sang et à la pierre dans les souvenirs : le coin de la place centrale, en entrant par la rue Benito-Juárez, où se trouvait la petite charrette de la marchande de fleurs et l'étalage de rillons frits.

Quelques années ont passé maintenant, pas beaucoup, et il y a une école secondaire communautaire, bourrée d'adolescents en uniforme vert, que je vois marcher sur la route qui mène à la ville tous les jours à l'aube, et qui s'appelle « École du 20-Avril ». Les garçons et les filles, gais et souriants — comme une interminable annonce de pâte dentifrice —, savent pourquoi l'école s'appelle ainsi. Certains ont participé à cette manifestation, d'autres ont ramassé les blessés. Ils ont leur version des faits. Ils ont leur propre hiérarchie de souvenirs. Les plus petits parlent de la mitrailleuse sur le palais, qui avait deux pieds — non, trois — et qui s'appuyait sur la balustrade. Les plus grands parlent du sang qui fleurissait sur la chemise blanche de Benjamin, et disent qu'au début ils ont tous cru qu'il était mort, mais pas après, parce que ce sang-là n'était pas le sien, il appartenait à d'autres.

Hier j'ai demandé à Benjamin à qui appartenait ce sang. Il m'a répondu très vite : « A tout le monde. »

En écrivant ces notes, il faut que je me fourre dans la tête cette chemise ensanglantée, pour que les rues paisibles, pavées, les rares automobiles qui passent devant l'hôtel Florida, la lumière trompeuse, la merveilleuse lumière de l'aube de Santa Ana, ne m'abusent pas.

11. Chère Ana/15 avril

Chère Ana,

Histoires domestiques :

Je me suis converti aux delicados avec filtre. Argument essentiel : si je fumais des mapletons, c'est parce que tu me les volais, et j'aimais l'odeur de la maison. Maintenant, personne n'en fume à côté de moi, aussi, je les aime moins. Argument n° 2 : elles sont difficiles à trouver à Santa Ana. Argument n° 3 : tous ceux à qui j'en offre me regardent d'un sale œil. Le populisme a ses manies.

Je me tiens une fringale féroce. Je dévore tout ce que l'on me donne et en quantités fabuleuses.

J'ai une casquette de joueur de base-ball (tu trouveras ci-joint une photo que tu enverras à Marcial, mon petit-fils). Outre la casquette, tu verras que je suis en pleine forme, un vrai shérif de ville. Sans commentaires. C'est le correspondant local de *UnomásUno* qui me l'a prise, et je suppose que le journal va en publier une semblable. T'a-t-on appelée pour commenter la nouvelle ? Dis à l'éditeur que le roman sera prêt pour la mi-mai, comme convenu, et de ne pas s'en inquiéter.

J'ai froid et j'ai sommeil. Je ne veux pas relire ce petit mot : je découvrirais que je suis analphabète et infantile. Je suis content.

Je t'aime vraiment,
J.D.

12. Rien de tel qu'un avocat

« Que celui qui n'a jamais eu de manies me jette la première pierre », se dit José Daniel tout en pensant qu'une personne qui dormait uniquement vêtue, une nuit sur deux, de la veste ou du pantalon du pyjama, en alternance, devait paraître ridicule. Puis il progressa dans sa réflexion et énuméra une autre liste de manies, tandis qu'il se frottait férocement les yeux et essayait de les ouvrir :

a) Faire un jus d'orange à la main, même quand il avait un presse-orange électrique à la maison. Manie qu'il avait défendue contre vents et marées, allant jusqu'à couper le fil du presse-orange quand Ana lui avait proposé de le réparer, parce qu'il dissimulait son obsession en disant qu'il était en panne.

b) Ouvrir les galettes pour les manger en deux moitiés, ce pourquoi les marchands de galettes l'avaient haï pendant les quarante-cinq dernières années de sa vie. Ne voyaient-ils pas en lui un destructeur de l'artisanat de la galette, un violateur de coutumes, un enfant de putain — qu'est-ce que ça peut bien lui foutre ce qu'il y a à l'intérieur ?

c) Pisser assis. Coutume féminine, dangereuse si elle était découverte, et qui remontait à un bon millier d'années, au plaisir de lire enfermé dans les cabinets, étranger à tout, complètement isolé par une porte fermée à clé, et inviolable, des troubles de l'extérieur.

d) Enlever les bouchons de cire des oreilles avec une allumette et ensuite la frotter, bien qu'elle ne s'allumait presque jamais, se limitant, piteusement, à dégager une fumée âcre.

Il s'arrêta dans son énumération, qui aurait pu être illimitée, et marcha, revêtu en tout et pour tout de la partie supérieure de son pyjama, vers la fenêtre de sa chambre, prêt, comme les jours précédents, à laisser entrer Santa Ana par les yeux, plutôt qu'à l'accepter avec la pensée. La ville était là.

Le coup sur la porte ne le surprit pas : il attendait, et Santa Ana était ainsi. D'abord, elle vous entrait par les yeux, tout doucement, puis elle frappait à votre porte. Il essaya de passer son pantalon de pyjama tandis qu'il retenait un « entrez », et faillit y parvenir. Il dit : « entrez » tandis qu'il se prenait la jambe droite dans la jambe du pantalon et tombait en essayant de se rattraper à la colonne de métal doré qui se trouvait au pied du lit. Il n'y arriva pas.

L'avocat Hector Mercado découvrit le shérif de Santa Ana les roubignoles à l'air et se frottant le genou.

— Vous vous êtes fait mal ?

— Merde en boîte, dit-il, utilisant un juron qu'il avait appris vingt ans auparavant à Salamanque, Espagne, lors du séjour qu'il avait effectué dans cette ville en qualité de boursier pour étudier la littérature du Siècle d'or.

Mercado détourna le regard pour pouvoir rire sans l'offenser.

— Vous pouvez rire tout à votre aise : rien de plus ridicule qu'un type qui se casse la gueule à 7 heures du matin.

Mercado se dirigea vers le lit sur lequel il s'assit, après avoir déposé un porte-documents, qui ne devait jamais le quitter, à côté du lavabo. Il était plus jeune que José Daniel, d'une dizaine d'années. Il devait atteindre la quarantaine, ou la dépasser à peine, avec de petits boutons juvéniles et les cheveux poussiéreux, un peu raides, caractéristique commune aux habitants de Santa Ana, sur laquelle J. D. avait déjà réfléchi, et il avait noté sur un papier : « L'eau ? La terre répandue sur toute la ville ? » José Daniel ne put éviter de faire alterner la traction qu'il imprima à son pyjama pour le remonter, avec la main qu'il porta à ses propres cheveux. Qui étaient rudes au toucher. Il allait dépenser la moitié de son salaire en shampooing au citron, ou à la pomme. Le Monsieur Clairol qu'il portait en lui attaqua de nouveau :

— Quel bon vent vous amène, Mercado ?

— C'est le maire qui m'envoie. Il veut que j'aie une petite conversation avec vous pour vous mettre au courant du danger terrible que l'on court quand on joue le jeu de la légalité et de sa bureaucratie : de vrais pièges à éléphants ! Et aussi pour vous couvrir un peu.

— Et il y en a beaucoup, des pièges ?

— Non, pour moi tout est simple. Je vous explique quel est le champ de vos compétences. Et vous vous y tenez. Quand vous voudrez en sortir, nous nous consultons et nous décidons si nous y allons tous, si vous y allez tout seul, ou si vous restez tranquille. C'est relativement simple. Nous sommes tous ici pour servir le peuple. Ce pourrait être la règle nº 1. Comment servir le peuple ? Là, il faut interpréter. Ceux qui veulent baiser le peuple ont une interprétation opposée... La loi, c'est du papier écrit. On la respecte pour servir le peuple, on l'abandonne pour continuer à le servir. L'unique loi réelle est la loi morale... Des trucs comme ça, quoi...

— Tout ceci me paraît merdique.

— Et ça l'est, en effet. Habillez-vous. Nous allons prendre un petit déjeuner du tonnerre, et moi je vais vous raconter tout ça.

J.D. se regarda dans la glace. Ce qu'il vit ne le contraria pas trop. On pouvait vivre dans la peau du type qu'il contemplait dans la glace. Il avait une moustache poivre et sel. Mais c'était sa moustache à lui.

Puis il tourna la tête et sourit à l'avocat Hector Mercado.

Une demi-heure plus tard, devant un plat d'œufs *rancheros*[1], Mercado dit :

— La police municipale est préventive, et son travail se limite à arrêter les délinquants pris en flagrant délit, ou après dénonciation. Autrement dit, c'est la première réaction de la loi. Elle renvoie les affaires les plus simples devant le juge mixte de paix, lequel peut condamner des infractions mineures ou administratives. Toutes les affaires importantes passent devant le ministère public de l'État, là l'agent du ministère public ordonne les enquêtes, et il ne les confie pas à la police municipale, il les confie à la police de l'État. Eux se chargent des délits ordinaires, des vols, des assassinats, des viols. Les prisonniers qu'ils peuvent faire vont au pénitencier de l'État. Pour ce qui concerne les affaires de trafic de drogue, de haute trahison et de contrebande, c'est le ministère public fédéral qui s'en charge, et il y a intervention de la police fédérale, qui dépend du procureur général de la république. La police municipale peut témoigner dans les affaires importantes et coopérer dans les enquêtes, c'est-à-dire donner un petit coup de main.

— Et dans tout cela, où est notre place ? demanda J.D.

Mercado prit son temps pour engloutir une énorme bouchée d'œufs et de galettes de maïs :

— A mi-chemin... Ici, nous n'avons pas de fédéraux, et quand nous en avons, ça ne donne rien de bon. Nous avons un détachement de la police de l'État, que dirige Duran Rocha, un vrai gangster, celui-là. Vous

---

1. *Huevos rancheros* : œufs cuits à la poêle, posés sur des tortillas (galettes de maïs) tièdes, avec de petits dés de piments verts.

ferez sa connaissance, soyez tranquille. Et une agence du ministère public de l'État, avec deux agents patentés, que vous connaîtrez bientôt. Ce qui signifie, pour commencer, qu'il sera fait obstacle à toute enquête importante que vous entreprendrez, que lorsque vous arrêterez un assassin en flagrant délit, le ministère public de l'État le relâchera après un jugement pour rire à la capitale, etc.

— Alors, qu'est-ce que je fais ?

— Ce que vous pourrez, mon cher. On en revient aux règles : quand une affaire est trop importante pour vous, vous nous consultez et nous voyons comment on peut la réduire.

J.D. dévisagea l'avocat aux cheveux terreux. Tout cela n'était pas clair, pas clair du tout.

13. Notes pour l'histoire de la municipalité rouge de Santa Ana
José Daniel Fierro

Il y a à Santa Ana un *hit-parade* des enfants de putain. Il n'est pas sans présenter certaines similitudes avec le *hit-parade* national. Si l'on enquête, on ne découvre que peu de différences, des variations mineures sur le mode humoristique. Pourtant, de l'avis de Benjamin Correa, le *hit-parade* n'est pas exact. J'ai toujours pensé que les avantages et les inconvénients de la lutte des classes à courte distance, comme la lutte libre, sont la connaissance de l'adversaire, la transformation des symboles en noms, la personnification du capital constant et de la bourgeoisie des éleveurs de bétail en un dénommé Pedro et en une dénommée Laura. Correa soutient que, mon œil, pas du tout, Santa Ana a son espace de lumières et d'ombres, et un bon contingent de zèbres de classe, pleins de raies blanches ou noires, c'est selon. Telle est sa théorie, et il doit bien la tirer de quelque part, je ne mets pas en doute ses qualités d'observateur. Je m'en tiens toutefois, étant donné que son information ne dépasse pas le niveau énigmatique qui consiste à faire douter, aux résultats d'un sondage que j'ai réalisé ces derniers jours :

N° 1 indiscuté du *hit-parade :* Melchor Barrio, gros bonnet du P.R.I., frère du fantomatique gros bonnet agraire, édenté et qui a mauvaise haleine. En matière délinquancielle (si le mot est impropre, il m'enchante), violeur de mineures.

Nº 2, et collant aux fesses du précédent, et pas seulement dans un sens figuré, Sabas tout court, Don Sabas pour les types respectueux. Propriétaire d'une maison, beau-frère du précédent, et pourtant ils sont à couteaux tirés, il y a des morts entre eux. On raconte que Melchor a tué un fils de Don Sabas il y a quelques années pour une question de terres. La liste des délits de Sabas n'est pas très claire. Il semble tremper dans tous les mauvais coups, mais rien n'est sûr. On murmure qu'il est mêlé au trafic de marijuana dans les ranchos du nord de Santa Ana. Grand ami du chef de la police de l'État, un certain Duran Rocha, le nº 4 sur la liste, bien qu'il ne vive à Santa Ana que depuis six mois.

Nº 3 indiscuté et, selon les dettes, le 1 ou le 2 sur certaines listes anonymes : Manuel Reyna, l'Obscur. Un tueur à gages qui conduit les forces de choc du P.R.I. à Santa Ana. Obéit directement aux ordres venus de la capitale de l'État, ne traite pas avec le pouvoir local. Tout le monde dit que c'est lui qui a tiré sur la manifestation du 20 avril avec une mitrailleuse placée sur le clocher de l'église. Quelqu'un m'a dit que, avant de devenir un tueur, il avait été vendeur de machines agricoles. On l'appelle l'Obscur parce qu'il est albinos. C'est bon à savoir. Il vaut mieux le reconnaître de loin. Quelqu'un m'a dit qu'il ne couche pas à Santa Ana, qu'il a une chambre à Gonzalez Ortega, la plus importante agglomération de la municipalité voisine, à 32 kilomètres au nord-ouest de Santa Ana.

Match nul pour le nº 5 entre le gros bonnet syndical de la C.T.M. et celui de la C.R.O.C. [1], tous les deux se valent, ils se ressemblent même. La différence peut consister en ce que Martin Guerra, outre qu'il est un

---

1. *C.R.O.C.* : Confédération régionale des ouvriers et des paysans (*Campesinos*).

gros bonnet syndical doté de maigres troupes (il ne lui reste plus que deux syndicats agraires soutenus à fond par le patronat), est le propriétaire de trois boucheries que l'O.P. a boycottées à travers des appels de Radio Santa Ana, ce qui le rend fou de rage.

Le n° 7 est collectif, ce sont les contremaîtres de la mine et le gérant, un Ricain, qui se le partagent. D'ailleurs, le gérant ne se trouve pas actuellement dans la ville. Il se fait opérer d'une couille à Houston, selon une information de Lomax, mon agent, qui s'entend bien avec sa servante.

En n° 8, on trouve un licencié qui est peu mentionné, sauf par les gens bien informés. Un certain licencié Querejeta, qui vient du D.F. Il porte des lunettes noires et loge dans un hôtel situé en face du mien. Ici, il est aussi étranger, aussi déplacé que moi. C'est un oiseau de mauvais augure, avec plein de malheurs dans ses valises.

La liste se poursuit jusqu'à comprendre environ deux cent sept enfants de putain supplémentaires.

14. Rien de tel que quelques coups de feu au beau milieu du repas

Il se rappela la citation de Ross McDonald pour s'expliquer les événements qui se produisirent au beau milieu du repas : « Il était moins un homme d'action qu'un homme d'interrogation, une conscience à partir de laquelle émergent les significations d'autres vies. »

Mais la citation elle-même ne pouvait lui ôter le goût amer qu'il avait dans la bouche.

Voici comment les choses s'étaient passées : après une ronde poussiéreuse avec Merenciano et Luix Lomax dans la zone commerciale de Santa Ana, « pour se montrer », et sur le conseil de l'Aveugle, il s'était rendu à son bureau, où il avait passé un moment, et, de là, à un restaurant pour y déjeuner en compagnie du présentateur de Radio Santa Ana, le populaire Canales, et de son sous-chef.

— J'ai lu tous vos romans, chef, lui avait dit Canales.

— Et moi je vous entends tous les jours, avait répliqué José Daniel.

— Ça ce n'est pas très drôle, vous faites partie du public obligatoire.

— Une milanaise avec beaucoup de pommes de terre, avait dit Barrientos.

— Et comment fonctionne le nouveau système de radio que vous êtes en train de monter ? Parfois on l'entend dans toute l'agglomération grâce aux haut-parleurs, et parfois ils sont éteints.

— Il s'agit d'un effort dans les limites de la démocratie, avait dit Canales-le-Maigre, éternellement optimiste. Et il ajouta : On part de l'idée suivante : si quelqu'un veut écouter la radio, il l'allume, et voilà. Nous n'avons pas à obliger les gens à l'écouter, mais parfois il est important d'informer et de mobiliser le peuple, et alors la radio devient publique, obligatoire, une radio de la rue... Aussi branchons-nous le système de haut-parleurs. Maintenant, il ne s'agit que d'essais, c'est pourquoi vous vous réveillez avec des boléros de José Feliciano et que, quand vous êtes sur le point de faire la lumière sur un crime, vous devez réfléchir avec une radio qui hurle les informations agricoles... Mais ça ne va pas être trop pénible... J'ai un tas d'idées. Commencer tous les dimanches à plein volume avec la *1810* de Tchaïkovski, les coups de canon compris. Diffuser des sérénades publiques à la grande confusion des mères bigotes. Passer de temps en temps une information pour raconter comment un membre bien connu du P.R.I. a été arrêté pour trafic de lait frelaté ou pour le viol de l'une de ses nièces... Vous vous rendez compte ? 116 haut-parleurs qui transmettent cette histoire ? Eh bien...

Canales, tout songeur, caressait le rêve hollywoodien qui bourdonnait dans sa tête.

— Ça sert aussi à demander du secours en cas d'incendie, ou à diffuser les mots d'ordre de nos organisations, ou à..., avait dit Barrientos, plus pratique.

— Là, il ne faut pas abuser, avait recommandé José Daniel, en pensant au *big brother* d'Orwell.

— Il y a abus lorsqu'on allume la télé et qu'il n'y a que cette saleté, avait rétorqué Canales.

— A cause de cela, précisément, avait répliqué J.D.

Le restaurant n'avait que quatre tables, pas une de plus, et la cuisine était si familiale qu'on pouvait voir comment on préparait les plats sur un fourneau au milieu du comptoir. Il n'y avait pas de truc, on choisissait soi-même si on le voulait son bifteck et ses oignons et la patronne mettait le tout sur un feu de charbon.

Canales s'était levé et était allé chercher des bières dans le réfrigérateur.

J.D. fumait tout en regardant dans la rue. Il vit venir les deux types avec des fusils. Il se leva d'un bond et courut à toute vitesse vers le seul endroit du restaurant qui lui offrait un refuge : les toilettes. Il ne devait jamais se rappeler, par la suite, s'il avait crié, ou si le cri s'était étouffé dans sa gorge. Il entendit le coup de fusil et sentit que les chevrotines le cherchaient, déchiquetant un calendrier de quincaillerie qui représentait une blonde fessue qui tournait la tête d'une manière inhabituelle pour regarder l'appareil.

Des trois, ce fut peut-être Canales, qui revenait avec les trois bières dans une main, qui eut la meilleure vision des choses. Il vit J.D. bondir et fuir vers les toilettes, aperçut dans un éclair l'homme au fusil, et parvint à voir l'Aveugle protégé par la table renversée et qui tirait vers l'entrée. Il vit que les balles frappaient au visage l'un des tueurs, faisant tomber son chapeau en arrière. Il vit le second s'enfuir, en tirant en l'air, pour se frayer un chemin, pour se faire plaisir avec le coup de feu qu'il n'avait pu ajuster, pour se donner du courage. Puis il jeta les bières à terre.

Quand J.D. montra sa tête, Barrientos-l'Aveugle était en train de piétiner le fusil du mort, il ne fallait tout de même pas que le cadavre sans visage fût secoué de soubresauts et que l'homme, tout défunt qu'il était, pressât sur la détente.

Pendant une minute, le silence engloutit le petit restaurant. Plus rien, ni le grésillement de la viande sur le feu ni les bruits de la rue.

Les autres clients, un couple de paysans, n'avaient pas eu le temps de comprendre ce qui s'était passé, et maintenant ils contemplaient, étonnés, les acteurs de cette scène.

— Que s'est-il passé, chef ? demanda l'Aveugle sans regarder José Daniel.

— Que diable voulez-vous qu'il se soit passé, mon vieux ?

— Je ne sais pas, moi. A un moment donné vous étiez là et puis soudain vous n'y étiez plus ; comme Chen-Kaï, le magicien, vous avez joliment disparu.

J.D. se demanda s'il devait répondre, se faire tout petit, renoncer à cet instant précis à son poste de chef de la police de Santa Ana, ou s'enfermer de nouveau dans les toilettes. Il ne savait plus très bien ce qui était le plus dangereux, les types armés de fusils ou les sarcasmes de l'Aveugle.

— Quelle rapidité ! dit l'Aveugle.

Et il remplit le barillet de son 45 avec des balles qu'il tira de sa poche.

— Ben, qu'est-ce que vous croyez ? Je vous avais prévenu. Et puis, avec quoi vouliez-vous que je riposte ? Avec la fourchette ? demanda José Daniel en montrant la fourchette et le couteau.

— Canales, appelle une ambulance et qu'on emporte le mort.

— Qui est-ce ? demanda J.D.

— Il n'est pas d'ici, avait répondu l'Aveugle.

15. Chère Ana/16 avril

Chère Ana,

Ça c'est... Comme la vie même.

J'abandonne la littérature pour me consacrer à écrire des paroles de boléros. Voilà qui est clair.

La vie même, cette foutue vie.

Et moi qui ne l'avais pas compris jusqu'à présent.

Je t'aime toujours autant et même un peu plus parce que la distance c'est merveilleux pour les ménages.

José Daniel, dit « Le chef Fierro ».

16. Photo diurne et viande pourrie

— J'ai entendu dire qu'on a tiré sur vous hier.

— J'ai couru à toute vitesse.

— Vous avez bien fait, chef, nous ne pouvons pas nous permettre que l'on vous tue. Et, jusqu'à ce que cela se produise, j'ai même cru qu'ils ne pouvaient pas se le permettre, eux non plus, dit le maire, Benjamin Correa, à José Daniel Fierro, tout en se dirigeant vers le mur afin de poser, avec le reste du corps de police municipal de Santa Ana, pour la photo.

J.D. répondit :

— Ils n'ont peut-être pas tiré pour nous toucher, mais, moi, ils ne m'ont pas prévenu.

— Et que ressent-on ?

— Une sacrée trouille... Vous n'avez pas vécu ce genre d'expérience, vous ?

— L'expérience ne sert à rien. Quand on vous tire dessus, c'est toujours la première fois.

— Serrez-vous, dit le photographe.

José Daniel passa son bras autour des épaules de Barrientos-l'Aveugle, qui avait ôté son chapeau pour qu'on voie bien son front sur la photo.

— Alors, Benjamin, nous allons avoir une voiture neuve ? demanda Popochas, que l'état civil avait enregistré sous le nom de Luix Lomax.

— Vous avez quelque chose de mieux, connards, vous avez à vous occuper de la meilleure ville du Mexique.

— C'est bien vrai, dit Merenciano, qui posait, son 45 en main, et un peu penché de côté.

Le photographe, caché derrière son vieil appareil à trépied, gronda :

— Allez-vous vous taire enfin, merde ! Après, vous avez tous la bouche en cul de poule.

— Cul de poule toi-même, lui cria Lomax.

— Répète-moi ça un peu, tu veux ? dit le photographe, bien décidé à interrompre son travail et à administrer une paire de gifles au policier.

— Du calme, monsieur le Photographe, frapper la loi en uniforme, c'est trois jours d'arrestation préventive, intervint J.D.

— Faites taire ce type, chef, répondit le photographe en montrant Lomax du doigt.

— Popochas, contrôlez-vous.

— Comme vous voudrez, chef.

Il était encore très tôt, et l'on entendait siffler les moineaux, et des pas dans les rues. Les six policiers et le maire s'immobilisèrent un instant et sourirent. Le flash n'arriva jamais, on entendit seulement le déclic.

— Une autre, ordonna le photographe.

— D'accord, dit Benjamin Correa.

Une demi-heure plus tard, dans son bureau, José Daniel Fierro découvrit que par la fenêtre on pouvait voir un arbre, comme par la fenêtre de son appartement de Mexico. Ce n'était pas un laurier, c'était un ocotea, mais c'était un arbre.

— Il a des petits oiseaux ?

— Qui ? demanda l'Aveugle.

— L'arbre qui est en face.

— Il doit en avoir, c'est pour ça qu'il est là, vous ne croyez pas ?

José Daniel regretta de ne pas avoir noté la réponse de son assistant.

Merenciano entra en tenant une vieille par la main. C'était une femme rayonnante, très brune, avec deux tresses nouées avec des rubans rouges sur des cheveux grisonnants, et qui portait une robe de percale bleue.

— Chef, ma maman dit que dans la boucherie du gros bonnet de la C.T.M. on vend de la viande pourrie.

J.D. se leva, adressa à l'arbre un coup d'œil furtif.

— Qui est chargé de ce genre de choses à la mairie ?

— Un étudiant en vétérinaire, qui habite à deux portes d'ici.

— Amène-le à toute vitesse, sous-chef Barrientos.

— Merde alors, ça bouge drôlement par ici, aujourd'hui.

17. Chère Ana/17 avril

Chère Ana,

Je veux que là-bas, quelque part à Mexico, il subsiste une preuve de l'existence de mon équipe. Aussi, je t'envoie une photocopie de la liste de mes hommes pour le cas où l'on ne voudrait pas me croire et une photo (celui du milieu, c'est moi). Avec ces gars-là, et ses Spitfires, il n'aurait pas fallu plus d'un mois et demi à Churchill pour gagner la bataille d'Angleterre.

* Barrientos, dit « l'Aveugle », mon sous-chef, ex-chauffeur de taxi, un merveilleux tireur, futur bigame, amateur de poésie, participe à un atelier de littérature avec Canales à partir de minuit, le lundi et le mardi, dans un bistro.

* Luix Lomax, dit « Popochas ». Étudiant en droit par correspondance. A changé de nom officiellement. Polio infantile, boite de la jambe droite, originaire de Guanajuato. Vice-champion dans l'épreuve des 50 mètres aux Mini-Olympiades pour handicapés. (C'est tout à fait sérieux ! Si tu ne me crois pas, tu peux vérifier dans *Ovaciones* de mai 1980.)

* Marcelo (sans nom d'aucune sorte), dit « Tignasse », ex-démarcheur en assurances, naturel de Santa Ana. Dans les moments de crise, devient tout cramoisi. Je n'ai pas trouvé d'explication médicale à ce phénomène auprès des sommités locales.

* Merenciano, dit « Avec la bouche et avec la main ». Les mauvaises langues prétendent que c'est un as de la masturbation. Silencieux. Parcourt la ville

à moto. Quand je lui pose une question, il me répond par une autre question. Il était garçon de bistro. Le patron l'a mis dehors parce qu'il refusait de trafiquer les boissons.

* Martin Morales, dit « le Russe ». Activiste de l'enseignement pendant les premiers temps. Il y a un an, les policiers de l'État l'ont séquestré et passé à tabac pendant deux jours pour qu'il signe de faux aveux qui mettaient en cause notre maire. Il n'a rien signé du tout.

Le plus grand progrès scientifique que j'ai obtenu en une semaine c'est que, à l'instigation de Marcelo, soit organisé un tournoi interpolicier de dominos par équipes de deux.

N'est-ce pas merveilleux ?

Je t'adore,
J.D.

18. Notes pour l'histoire de la municipalité rouge de Santa Ana
José Daniel Fierro

Enregistrement de la déclaration de Mario Lapiedra Cruz, boutiquier :

— Je suis arrivé ici en 59, après deux semaines de prison à Matías Romero, à cause de l'histoire des cheminots. J'étais aide télégraphiste à l'époque du mouvement de Vallejo [1] et membre du P.O.C.M. [2] Ça fera 16 pesos pour les pains, ma belle. Moi je fuyais tout cela, mais avec des idées bien enracinées, et puis j'avais quelques sous que m'avait laissés le père de mon épouse, alors décédés, lui et mon épouse, et ils m'ont permis de monter mon magasin. Vous voyez ? Dehors on peut lire « Le Victorieux », l'enseigne date de cette époque. Je n'allais tout de même pas rester là à râler pour la correction qu'ils nous avaient administrée, et alors j'ai écrit « Le Victorieux », avec des lettres rouges et un filet noir. Non, le petit filet noir est très fin, voyez-vous, pour que l'on ne remarque pas qu'il s'agit d'un drapeau, et pour dissimuler j'ai peint deux taureaux, un de chaque côté de l'enseigne, mais si vous regardez bien vous constatez que les deux taureaux ont la corne gauche plus grande que la droite. Ça va, je vous le pèse, ce melon est à point, m'sieur. Voyez l'enseigne, dehors. Elle est bien vieille, n'est-ce

1. *VALLEJO* : dirigeant historique des grandes grèves des cheminots des années 58-59.

2. *P.O.C.M.* : Parti ouvrier communiste mexicain. Naît dans les années cinquante de la scission du P.C.M.

pas ? Comme moi, mais je ne l'ai pas changée, elle date de cette époque. Et je suis arrivé, et j'ai monté le magasin, avec un garçon qui ensuite a pris le chemin du Nord, un dénommé Isaïas, qui était très religieux, il priait toute la nuit, un vrai con celui-là. Je me suis tenu tranquille en 59, en 60, en 61, en 62. Si tranquille que si vous m'aviez vu alors vous auriez dit : « Ce type n'en a plus, c'est un vrai boudin. Un pédé, quoi. » Mais j'attendais, moi. En 63, Danzós[1] est passé au cours d'une tournée, je suis allé le voir à son hôtel et je lui ai dit : « Moi, Mario Lapiedra, je suis à votre disposition. Veuillez noter mon adresse. Quand vous aurez besoin de moi, vous me prévenez. » Il ne m'a jamais prévenu, il a dû se dire que c'était du baratin et moi, voyez-vous, j'étais toujours là, sans bouger, douze ans après. Je me disais parfois : Il va bien se passer quelque chose dans cette ville, ou ailleurs. Mais je ne savais que faire et cela me mettait en colère. Il me prenait presque des envies de monter à une échelle et de changer le nom du magasin, d'écrire « Le Trouillard », par exemple. Mais en plus d'être foutu, j'aurais perdu tous mes clients. Aussi, je me suis retenu, à cause de cela et à cause de mon épouse qui était très malade depuis 71. Enfin, Benjamin est arrivé en 82, et il m'a dit : « On m'a dit que vous êtes un partisan de Vallejo. » Je n'ai pu que lui répondre : « Il était temps. » Le kilo de raisins, c'est 800 pesos, ma p'tite.

---

1. *DANZÓS* : dirigeant du P.C.M.

19. A cinquante mètres

A 50 mètres, José Daniel Fierro a l'air d'un type dégingandé qui a réussi miraculeusement à franchir le mur du cinéma muet pour arriver, solitaire et assez désespéré, au cinéma commercial des années soixante : des films de frontaliers trafiquants de drogue et autres trucs de ce genre.

A 50 mètres, la maison où sont entreposés 153 kilos de marijuana n'a pas non plus l'air d'être la maison d'Usher ou le parthénon du célèbre chef de la police de Mexico de la moitié des années quatre-vingt. A 50 mètres, elle donne plutôt l'impression d'une blanche demeure entourée de rosiers, pour un film campagnard avec Jorge Negrete et quelques gentilles petites grand-mères du cinéma mexicain.

A 50 mètres, enfin, on ne sait plus très bien si l'homme assis sur une chaise à bascule, un fusil entre les bras, est sur ses gardes, mort, ou s'il dort. Mais les lunettes à verres de 15 dioptries de l'Aveugle voient mieux que l'œil de Dieu et lui permettent de préciser humblement :

— Faisons gaffe, chef, il est en train de fumer.

— N'est-il pas plutôt en train de péter ? demande J.D., couché sur le sol et essayant de voir plus qu'il ne voit, dissimulé par un arbuste.

— Les pets ne font pas de fumée, réplique son assistant, prudemment posté à proximité du même arbuste, mais il y a une grosse pierre entre lui et le fusil de l'homme assis sur la chaise à bascule.

— Toi qui vois tout, l'Aveugle, dis-moi si nos troupes sont bien disposées en ordre de bataille.

— Popochas est arrivé en boitant, il se trouve à une vingtaine de mètres derrière nous, et Merenciano est en train de prendre position derrière la grille.

— Eh bien, moi aussi je veux fumer une cigarette, dit José Daniel Fierro.

Mais il ne se lève pas, il ne faudrait pas qu'il encaisse une balle.

— On rampe jusque-là et on lui enlève ses souliers ? demande l'Aveugle qui, ces derniers jours, a fait d'énormes progrès en matière de sarcasme.

— C'est que je trouve complètement con de me mettre à crier : « Vous êtes cernés ! », dit le chef de la police de Santa Ana pour s'excuser.

— Ici, l'écrivain, c'est vous, dites quelque chose de bandant.

Mais José Daniel Fierro ne trouve à dire aucune phrase mémorable.

A 50 mètres, impossible de savoir si l'homme à la chaise à bascule sourit ou est en pleine crise de colique pancréatique. Et José Daniel Fierro pense que, fort heureusement, à 50 mètres l'homme ne peut pas voir lui non plus la couleur jaunâtre de ses traits. Aussi, il se met à genoux et crie :

— V'zêtes cernés !

Ce qui doit être interprété par l'homme au fauteuil à bascule comme un « Allez-vous-faire-foutre ! », et en voyant un homme à genoux à 50 mètres il ne sait pas très bien à quoi s'en tenir, ni qui ce type envoie se faire foutre, ni ce que l'on suppose qu'il doit faire, lui, hormis se mettre à genoux et le viser.

Heureusement, Merenciano interprète le geste de viser comme une agression directe contre le tout nouveau chef de la police de Santa Ana, et une invitation directe à expédier dans la cuisse de l'homme au fauteuil à bascule une balle de 22 Long Rifle, une seulement, parce qu'il n'en a pas deux. L'homme lâche son fusil et insulte le tireur qui l'a pris par surprise, en invoquant sa putain de putain de mère.

Un chat sort par la porte de la maison, suivi peu après par une femme vêtue d'une simple culotte, et dont les seins se balancent d'est en ouest, ce qui provoque un moment de distraction chez l'Aveugle, qui ne voit pas apparaître à une fenêtre du second étage le canon de l'une de ces mitrailleuses nommées « cornes de bouc ».

On en est là, quand la première rafale retentit, soulevant de la terre près de l'arbuste de José Daniel Fierro, et l'Aveugle ne sait pas si c'est l'effrontée qui a tiré avec ses deux puissants tétons, ou si quelqu'un d'autre veut les mettre hors de combat, et, tout en réfléchissant à la chose, il court se poster derrière le rocher et coupe la cartouche de son 45.

José Daniel sent qu'il se pisse dessus, et il se pisse dessus, en effet, tandis que la terreur l'envahit et le paralyse et que la terre saute autour de lui.

Devant lui, l'Aveugle lui tourne le dos, se met en position de tir, et vide contre la fenêtre d'où sort la mitraille tout le chargeur de son 45, balle après balle, quoique, à partir de la troisième, il n'y a plus personne à la fenêtre, et il ne reste plus que ses coups de feu qui brisent le silence. Au septième coup de feu il se relève, José Daniel l'imite, en sentant craquer les articulations de ses genoux et il a mal aux reins, c'est une douleur lancinante qui peu à peu, à mesure que la peur diminue, s'évanouit.

A 50 mètres, Merenciano et Popochas avancent vers la maison, les yeux grands ouverts, avec mille précautions, mais on n'entend que le silence.

— C'est fini ? demande José Daniel à son assistant.

— J'en ai bien l'impression, répond ce dernier, en époussetant la poussière de ses vêtements et sans se retourner, pour donner à son chef le temps de prendre une contenance.

— Ouf, c'est une chance, parce que si l'on recommence à tirer je ne vais plus pouvoir me pisser dessus, dit le chef Fierro en souriant.

Il sait que si la peur ne dépend pas de l'homme, la sincérité, elle, en dépend.

20. Pas question

Il se laissa tomber sur le matelas, sur lequel il rebondit, sans enlever ses bottes. Il avait mal à tout son corps, depuis les cheveux jusqu'aux orteils. Il n'allait pas pouvoir dormir. Il n'avait jamais pu dormir quand il était fatigué. Il devrait se lever, s'allonger dans la baignoire sous l'eau chaude, prendre deux aspirines, boire deux cognacs, écouter du Schubert. « Je ne vais pas pouvoir dormir », se dit-il en suivant du regard les lignes et les dessins du plafond.

La porte du cabinet de toilette bougea, et José Daniel chercha des yeux le fusil qu'il avait laissé dans un coin de la chambre. La voix de la femme l'arrêta net, alors qu'il sautait hors du lit :

— Du calme, papa, je ne suis pas venue pour te faire des choses désagréables, rien que des mamours.

C'était une femme jeune, au teint brun clair, aux cheveux très noirs et longs, flottant sur une robe rouge sans bretelles, collante, cousue par une habile couturière, et qui moulait ses formes. Une putain de film mexicain des années cinquante. Le langage compris. Pour la neutraliser, le style Mitchum (habillé de lin blanc, et faisant de la contrebande d'armes pendant la révolution mexicaine), ou celui beaucoup plus efficace, « direct et sincère jusqu'à la psychanalyse », de Woody Allen.

La femme se glissa vers le lit. Elle marchait avec difficulté, à cause de son vêtement serré qui l'obligeait à bouger les jambes comme un compas faiblement ouvert.

— Toi, laisse-toi faire.

— Mademoiselle, j'ai besoin de savoir votre nom.

— Maria, mon chéri.

— Bien, Maria. Qui t'envoie ?

— Personne. Je suis venue toute seule. C'est un service que je rends à la ville. Tous les personnages importants qui nous arrivent, je me les envoie la première.

— Ah, la province ! Il y reste tout de même de drôles de coutumes !

Maria porta les mains à son dos et y chercha la boucle de sa fermeture Éclair. José Daniel ressentit la tentation de l'aider. Pour des motifs extra-érotiques. Tout simplement parce qu'elle se trouvait dans l'embarras, et cela lui faisait de la peine. Il se retint. Quand il était en prépa, en 47, un de ses professeurs, un Basque nommé Belascoaran, lui avait inculqué la sage maxime selon laquelle il ne fallait pas se fourrer en des endroits inconnus. C'était un conseil aussi difficile à défendre que les droits d'auteur.

Comme chacun sait, le sexe consiste en une série de réactions en chaîne qui commence par des bruits (une fermeture Éclair qui s'ouvre, un froissement de soie, un pet vaginal, un sanglot étouffé, un petit cri avec l'oreiller entre les dents), et le cerveau voyage, il envoie des signaux au zizi. Quand on est sourd, tout est bien contrôlé, mais J.D. ne l'était pas.

La femme se leva et laissa sa robe glisser le long de son corps. Il était clair qu'elle n'avait rien dessous. Les pointes de deux seins énormes regardèrent José Daniel. Un élancement lui rappela son mal de tête, il fronça les sourcils. La femme interpréta sa mimique comme une réaction de contrariété.

— Dis, papa, ils ne te plaisent pas ?

Elle avança vers le lit, non pas en direction de l'écrivain mais du barreau du chevet, et commença à faire semblant de se masturber. Les deux seins heurtaient le métal et agitaient doucement le matelas.

« On veut me baiser, c'est clair, se dit José Daniel, en faisant une dernière tentative pour garder sa lucidité. Qui ? Pourquoi ? »

La femme secouait le matelas en battant de son pubis le barreau du lit et en le regardant fixement.

José Daniel se leva et alla chercher son fusil. Il l'arma.

— Allons, papa, ne joue pas avec ça. Déshabille-toi, ça vaut mieux.

Pour éviter toute tentation, José Daniel visa le nombril de la femme.

— Maria, qui t'envoie ? Je vais te donner une chance : tu as une minute pour me répondre. Si tu t'y refuses, je te fracasse une jambe et après, je dirai que tu as voulu me tuer avec une Gillette. Tu vas te retrouver dans de foutus draps, avec cette robe rouge et des béquilles.

— Mais pourquoi es-tu si sot ?

— Il te reste trente secondes. Je compte... vingt-neuf... vingt-huit...

— C'est Don Sabas qui m'a envoyée, mais pas dans une mauvaise intention. Il m'a seulement dit : « Baise avec lui. » Voilà. C'est rien. C'était à la bonne franquette.

José Daniel, de son fusil, lui montra la porte :

— Tire-toi.

— Bon, ça va. Laisse-moi seulement m'habiller.

— Pas question. Tu pars comme tu es, dit le chef de la police de Santa Ana en posant une de ses bottes sur la robe.

La femme recula en regardant le fusil. Puis elle se retourna et quitta la chambre.

José Daniel resta là, hypnotisé, à regarder la paire de fesses tremblantes qui jamais plus ne croiseraient son destin. « Mais quel connard je fais », se dit-il.

Il saisit le combiné. Composa un numéro de six chiffres.

— Allô ? Tignasse ?... Sais-tu où vit Don Sabas ? Il y a dans mon hôtel une femme qui se balade à poil dans les couloirs, une pute qui s'appelle Maria, je crois. Tu l'arrêtes pour outrage à la pudeur, et tu l'emmènes chez Don Sabas... Oui, c'est bien ça... Il est marié ?... Tant mieux... Tu la déposes devant la porte et tu lui dis que le chef de la police a ordonné qu'on la retourne à l'envoyeur, parce que mademoiselle a donné cette adresse... Voilà.

Il raccrocha. Il fit quelques pas et appuya un fauteuil contre la porte. Puis regagna le lit et rebondit sur le matelas. Se passa la main sur le front et en essuya la sueur. Enfin, il allait pouvoir dormir. Mais il allait dormir mal.

Six heures plus tard, il était réveillé par des coups sur la porte. Le soleil entrait par la fenêtre.

— Chef, on raconte en ville que vous êtes un pédé, lui lâcha Barrientos-l'Aveugle à brûle-pourpoint.

José Daniel passa dans le cabinet de toilette et se lava soigneusement le visage.

— Que voulez-vous y faire ?

— C'est un affront à l'autorité. Si nous n'arrangeons pas ça, personne ne va nous respecter, quelles que soient nos armes et même si on nous achète une voiture neuve.

— Je peux montrer à tout le monde une photo de mon petit-fils, dit José Daniel tout en s'essuyant.

— Ce n'est pas un argument, chef.

— Alors ?

— Vous et moi, allons au bordel sans plus tarder. Chez les putes syndicalistes que Canales a organisées l'autre jour. Celles-là, elles sont des nôtres.

— Pas question, rétorqua José Daniel.

21. Chère Ana/18 avril

Chère Ana,

Aujourd'hui je ne te raconte rien, cela vaut mieux.
Mais je t'aime,

J.D.

22. Science

José Daniel s'appuya sur le-tableau-qui-savait-tout, couvert, au point où ils en étaient, de schémas incompréhensibles, et dit :

— Lomax, répétez.

— Une demi-heure à l'avance, reconnaître la route qu'elle va suivre et inspecter toutes les terrasses des maisons.

— Barrientos ?

— Assurer une garde de volontaires...

— D'auxiliaires appelés les Irréguliers de Baker Street.

— Les p'tits gars, donc. Poster les gars en face des bureaux de la police de l'État, et qu'ils donnent l'alarme au moindre mouvement suspect.

— Qu'entendez-vous par « mouvement suspect » ?

— Toute sortie de plus d'un homme armé d'un fusil.

— Morales, *alias* le Russe ?

— Surveiller la rue centrale, avec un talkie-walkie, et si une voiture tourne trop rapidement sur la route et prend la direction de la ville, prévenir Barrientos.

— Barrientos ?

— Si ce type-là me prévient, je barre la rue avec la voiture de police et je lance un avertissement radio.

— Merenciano ?

— J'inspecte la cathédrale et ensuite les arcades et je me mets à la fenêtre au-dessus de l'estrade.

— Du podium, car personne ne va danser, dit J.D.

— Au-dessus *de Lepodium.*

— C'est qui, Lepodium ? demanda Lomax.

— L'estrade, dit J.D. résigné, en se rendant à l'évidence. Et il poursuivit : Tignasse ?

— Je bloque la 7e Rue avec une barrière, et j'empêche de passer toute manifestation qui vient du local du P.R.I.

— Et s'ils sont nombreux, et armés ?

— Je préviens l'Aveugle.

— Une question, chef.

— Allez-y, mon vieux.

— Et si tout se produit en même temps ?

— Chacun pour soi et Dieu pour tous.

— Et vous, où serez-vous ?

— Partout, comme l'Homme-Araignée, et parfois avec Lepodium.

Lomax se retint.

— Avant, on ne faisait pas comme ça, dit Merenciano.

— Et comment faisait-on, avant ? interrogea J.D., tout prêt à tirer parti des erreurs d'autrui.

— Avant, on était armés, même devant.

— Ça ce n'est pas très scientifique, dit J.D. Les manifestations, il faut les protéger scientifiquement. Nous sommes le bras armé du pouvoir populaire.

— Ce que vous dites est formidable, chef, mais il vaut mieux qu'il n'y ait pas de coups de feu, dit l'Aveugle.

— Ainsi soit-il, répondit José Daniel.

23. Des cavaliers dans le ciel

— Et vous, pourquoi êtes-vous de gauche ?

— Parce que dans une autre vie j'ai été de droite, et que ça m'a pourri la conscience.

— Allons, parlez sérieusement.

José Daniel Fierro se gratta la moustache avec le canon de son fusil neuf, un tic que l'Aveugle déplorait parce qu'il n'était guère professionnel :

— Écoutez. Avec ce que l'on jette aux ordures en une nuit à Queens (New York), on pourrait meubler une ville comme Cuzco 10 000 fois mieux qu'elle ne l'est actuellement. Avec les déchets d'un restaurant pour classe moyenne de Caracas, 60 familles algériennes pourraient manger pendant cinq jours. Les célibataires mâles qui se promènent la nuit à Buenos Aires pourraient faire les délices des célibataires femelles qui rêvent, solitaires, en contemplant les étoiles à Bangkok. Les livres que j'ai achetés et que je n'ai pas lus pourraient résoudre les problèmes d'une bibliothèque de lycée à Camagüey. Avec le salaire mensuel d'un traminot du D.F., on peut passer un jour au Caesars' Palace de Las Vegas. Avec les discours d'un gouverneur mexicain du P.R.I., on peut rendre fous six détecteurs de mensonges. Avec le feu qu'il y a dans les poèmes de Vallejo, on pourrait préparer tous les hot dogs que l'on consomme en un jour à Monterrey. Avec les mots que j'ai utilisés pendant trente-cinq ans pour expliquer cela, nous pourrions, si nous les transformions en pierres, construire à Texcoco trois pyramides de Chéops... C'est clair ?

— Répétez, voulez-vous ? Je vais enregistrer tout ça, demanda Canales, très sérieux.

— Ça ne me vient jamais de la même façon.

Canales pressa sur le bouton qui débranchait le tourne-disque sur lequel passaient des *corridos*[1] de la révolution, et se lança en direct :

— Ici, XELL. Vous êtes à l'écoute de Radio Santa Ana, la solitaire étoile rouge du cadran, qui émet pour les insomnieux et pour les lycéens de troisième C qui préparent leur examen de littérature... Et pour eux, précisément, voici un peu de musique de Glenn Miller, et je leur rappelle qu'ils ne doivent pas consommer la viande de « La Favorita » : l'Organisation du Peuple l'a boycottée.

Il donna un petit coup sur un levier et enchaîna avec le second tourne-disque, qui était déjà lancé.

— Comment êtes-vous au courant de l'examen de littérature ?

— Ce sont des élèves à moi, ils se préparent pour demain, dit Canales en souriant.

— Quelles piles utilisez-vous donc, Canales ? Les miennes s'usent avec la chaleur.

Canales, sans répondre, se dirigea vers un réfrigérateur à glace, un de ces réfrigérateurs que seules peuvent se permettre les gargotes misérables, et prit deux bouteilles de rafraîchissements d'où dégoulinait une eau glacée.

— Jamais je n'aurais pensé que j'allais faire une émission ici, en direct, à minuit, avec un romancier.

— A Santa Ana, les romanciers ne dorment pas.

— Si vous saviez combien de personnes ne dorment pas, vous en seriez surpris. Cette foutue ville souffre d'insomnie depuis que nous avons gagné les élections. Il n'y a pas loin du rêve au cauchemar.

---

1. *CORRIDO* : ballade populaire, le *corrido* peut être récité, chanté, dansé avec accompagnement musical. Maints *corridos* de la révolution mexicaine sont célèbres.

José Daniel sourit :

— Je dors mal.

— Moi, cela fait deux mois que je ne dors pas, dit Canales, très sérieux.

— Vraiment ?

— Vraiment. Demandez plutôt à Fritz... Vous est-il arrivé d'être membre d'un parti politique ?

— J'ai adhéré au P.C. en 59. Jusqu'en 62. J'ai rallié Revueltas[1]. Puis j'ai agi en solitaire, sans parti. En 69, j'ai été sur le point d'aller à la campagne, avec un groupe qui travaillait à l'organisation d'*ejidos*[2] à Veracruz. Aussi, je suppose que je peux continuer à être de gauche. Parce que la gauche organisée ne m'a pas dévoré, comme tant d'autres... J'ai vu les plus belles âmes de ma génération émarger au budget.

— Et avant d'être écrivain ?

— Il n'y a pas eu d'avant. Dès l'âge de neuf ans, j'ai su ce que je voulais faire.

— Mais votre premier livre est de 64. Vous aviez alors vingt-neuf ans.

— Il m'a fallu du temps pour comprendre clairement ce que je voulais écrire. Pour un écrivain du tiers monde qui veut dévorer le roman avec le roman, qui pense que la célébrité et la gloire dépendent de sa capacité à charmer la métropole, c'est-à-dire à la tromper, à faire peur à sa propre plume, à obscurcir le texte pour qu'il paraisse absolument transcendant, il est très difficile d'arriver à la conclusion suivante :

---

1. José Revueltas (1914-1976) obtint en 1942 le Prix National de Littérature pour *El luto humano (Le deuil humain)*. Membre du P.C.M. dès sa jeunesse, il en fut exclu en 1943, le rejoignit de nouveau en 1956 et le quitta définitivement en 1960 pour fonder la Liga leninista Espartaco (Ligue léniniste Spartacus).

2. *EJIDO* : terrain d'une communauté, cultivé par les *ejidatarios*. L'expropriation des *ejidos* des Indiens au bénéfice des compagnies d'arpentage et des grands possédants fut une des causes de la révolution de 1910.

ce que j'ai toujours voulu écrire, c'est un bon roman d'aventures. Une espèce de réalisme socialiste-aventurier, qui n'est même pas du réalisme, qui est à moitié socialiste et qui est totalement aventurier. Ça n'a pas été facile. Pendant que je comprenais cela, j'ai travaillé comme gérant dans un supermarché, comme éditeur, comme professeur de littérature anglaise, comme assistant de direction théâtrale, comme commissionnaire en rhum.

Canales le regarda fixement pendant quelques instants, puis retourna à la console :

— Et maintenant, pour ceux qui étaient sur le point de s'endormir, et à l'intention des gérants de supermarché qui, pour peu qu'ils fassent pression sur leur conscience, finiront par devenir des écrivains de romans policiers, voici *Des cavaliers dans le ciel*.

— N'êtes-vous pas en train de faire perdre la tête à tous ces gens ?

— Ils en ont l'habitude, dit Canales en souriant.

Et, de ses longues et maigres jambes croisées, il marqua le rythme de la marche, qui rappelait un air de western.

24. Chère Ana/19 avril

Chère Ana,

Si tu as l'intention de divorcer, envoie-moi au moins le pull bleu à col roulé et les aspirines, les romans de Manchette, les trois livres de Rodolfo Walsh, que j'avais mis sur la table, retenus par un élastique, le brouillon du roman qui se trouve dans le dossier vert, intitulé « Nouveaux Mensonges », les bottes grises en daim, la photo de mes neveux en train de pisser que j'ai sur la bibliothèque de droite, les trois cahiers de notes verts qui se trouvent dans le tiroir de gauche de mon bureau, le stylo jaune et les cartouches d'encre, un roman de Roger Simon *(The Straight Man)* qui est dans la bibliothèque du couloir, les lunettes noires que je gardais dans le nécessaire de couture, un vieux pantalon de velours côtelé, noir, celui qui a les genoux rapiécés, deux boîtes de Maalox (toi, tu ne l'utilises jamais, tu es constipée), la correspondance avec les frères Strugatski qui se trouve dans un dossier — voir le classeur à la lettre S —, mon vieux carnet d'adresses, la photo de mon grand-père à Alger (n'enlève pas le cadre, tu me l'envoies telle quelle), le jeu d'échecs moyen, un roman de cape et d'épée de Shellabarger qui doit être sous le lit, le tome II des *Misérables* de Victor Hugo (tu le trouveras facilement, il est relié, avec un dos rouge), une boîte de papier français qui se trouve sous mon bureau et le recueil de poèmes de Benedetti, dédicacé.

S'il te reste du temps, envoie-moi la dernière photo où nous sommes ensemble.

Tout ceci, si tu as l'intention de divorcer. Si tu n en as pas l'intention, envoie-moi tout de même l'ensemble. Je ne t'en serai que plus reconnaissant.

Je t'aime toujours,

J.D.

25. Des fleurs sur la place

Le matin du 20 avril commença pour José Daniel Fierro quand il vit de la fenêtre de sa chambre d'hôtel un ouvrier de l'usine de mise en bouteille des rafraîchissements qui laissait tomber un bouquet de dahlias sur le banc situé au coin de la rue Benito-Juárez. Quelques instants plus tard, ce furent deux femmes du marché, puis trois ou quatre, qui apportèrent des glaïeuls. Ensuite vinrent près de 200 enfants de l'école secondaire, avec des marguerites qu'ils laissaient tomber à terre comme par mégarde, couvrant de fleurs l'endroit où Doña Jerónima était tombée, quatre ans auparavant.

José Daniel se lava soigneusement le visage, avec une eau glacée qui faisait palpiter sa peau comme si elle brûlait.

Il sortit et se mit devant la porte de l'hôtel Florida. Les haut-parleurs branchés sur Radio Santa Ana reprenaient une chanson de Silvio Rodríguez, particulièrement rythmée, sur un tempo de valse. Une chanson dont les paroles répétaient : « Je te connais. »

José Daniel marcha en heurtant les pavés de la pointe de ses bottes de mineur. Comme il passait sous les arcades, il tomba sur Mercado, l'avocat, qui venait, un bouquet de roses à la main.

— Vous en voulez une ?

— Je vous remercie, dit José Daniel, et son visage s'éclaira d'un sourire timide.

Ils marchèrent ensemble sans mot dire et tournèrent à l'angle de la rue. Celui-ci était couvert de fleurs, et de tous les recoins de la place arrivaient des hommes et des femmes, des enfants, de vieilles femmes, des laids, des grands, des beaux, follement, jusqu'à la splendeur totale, et qu'étourdissaient l'aube et les souvenirs, la musique qui cognait dans les haut-parleurs et leur hérissait la moustache, le sourire, les cheveux récemment peignés, les gouttes de rosée matinale qui perlaient entre leurs dents.

José Daniel Fierro laissa tomber sa rose au milieu des autres fleurs. Et il assuma le rituel silencieux, le sens final de la manifestation. Maintenant, il était un habitant de Santa Ana comme les autres. Leurs morts étaient ses morts.

26. Vraiment, ça ne te plaît pas ?

Ses policiers étaient méconnaissables. Le silencieux Martin Morales, dit le Russe, hurlait en cadence « pouvoir po-pu-laire, pou-voir po-pu-laire », le visage cramoisi. Le nez de Marcelo, dit Tignasse, fendait l'air en devançant de quelques centimètres le visage de son propriétaire, tel un brise-glace, et tirait en avant un personnage très sûr de lui. D'un geste, J.D. leur rappela qu'ils devaient occuper les endroits qui leur avaient été assignés. Ils se retirèrent en protestant.

J.D. rencontra Carlos Monsivais au quatrième rang des manifestants qui avançaient vers la mairie. Il allait au bord de la manifestation, un peu étranger à la chose, et, sans en avoir l'air, regardait tout ce qu'il pouvait voir.

— J'ai appris que c'est toi qui m'as recommandé pour ce boulot infâme. Tu n'es qu'un sale traître.

— Vraiment, ça ne te plaît pas ?

— J'adore. On a déjà tiré deux fois sur moi, la deuxième fois je me suis pissé dessus, mais, à part ça, j'adore.

— Alors je ne me suis pas trompé, dit l'autre écrivain.

J.D. porta deux doigts à la visière de sa casquette de joueur de base-ball et s'éclipsa. Il leva les yeux vers les terrasses des édifices, et y chercha des francs-tireurs inexistants. Il était là pour tenir le rôle du chef de la police, non du narrateur. Il voyait d'autres choses. Il pouvait remettre à une autre occasion le travail d'observer avec soin les femmes aux tabliers rouges et verts, armées de pancartes et de bouquets de fleurs, qui levaient le poing à moitié comme par un reste de pudeur. Il pouvait laisser passer outre le visage tendu, aux veines battantes, de Benjamin Correa, qui flottait littéralement, porté qu'il était à 3 centimètres du sol par l'admiration de la centaine de lycéens, vêtus de vert, qui l'entouraient. On ne manifestait pas en bon ordre. Mineurs et paysans, cadres de l'O.P., maîtres d'école, femmes des comités de quartier, adhérentes du Syndicat des prostituées, qui renaissait de ses cendres (deux d'entre elles au bras de Canales-le-Long), chauffeurs de taxi et petits commerçants, élèves des écoles secondaires, paysans en grand nombre, ouvriers des usines de rafraîchissements et des fabriques de plâtre, ils allaient, fraternellement mêlés, et plusieurs brandissaient leurs pancartes personnelles, où abondait davantage l'esprit que la correction orthographique.

En arrivant, il vit Merenciano avec son fusil, à la fenêtre de la mairie, au-dessus de l'estrade. Quand la tête du défilé commença à faire le tour de la place, les premiers accords de la *Cinquième* de Beethoven surgirent des haut-parleurs. Canales fit de l'œil au chef de la police.

Et c'est ainsi que, avec Beethoven, 40 000 citoyens de Santa Ana entrèrent dans la place centrale de leur ville, ce 20 avril.

27. Notes pour l'histoire de la municipalité rouge de Santa Ana
José Daniel Fierro

A la direction de l'O.P., les avis divergent sur l'interprétation à donner aux événements actuels. Alors que Benjamin croit que le cercle se referme sur eux et que le moment décisif aura lieu dans six mois, avant que les élections municipales aient mis un terme à la domination du P.R.I. dans toute la région (au moins dans les six municipalités supplémentaires qui s'obstinent à suivre l'exemple de Santa Ana), Mercado croit que quelque chose d'étrange est en train de se produire dès à présent, et les dirigeants syndicaux des mineurs estiment que l'ennemi se replie, et que par conséquent le moment est venu d'avancer.

Vraiment, nous parlons presque d'un problème qui se pose sur un jeu de devinettes. Tout le monde est d'accord sur un point : l'appareil d'État a perdu tout appui à Santa Ana, et il lui faudra, s'il veut se frayer un chemin, se baser sur des forces extérieures ou briser l'unité de l'O.P. L'Aveugle dit que l'heure des judas est arrivée, mais qu'ils doivent être rares.

Benjamin, pendant ce temps, a élaboré la théorie du cercle contre le cercle. Il s'agit fondamentalement d'opposer à la pression (économique : on retarde la remise des fonds municipaux collectés à titre d'impôts par le gouvernement de l'État, les ressources fédérales programmées n'arrivent pas, les aides fédérales traditionnelles sont détournées vers d'autres régions : prêts bancaires, routes, cliniques de l'I.S.S.S.T.E. [1] en construction ; publicité, ouvrages sanitaires) une pression de l'intérieur en consolidant le pouvoir de la municipalité rouge de Santa Ana et en l'étendant aux zones voisines, avec prudence et doigté, et une deuxième pression, externe celle-là : une campagne de presse nationale qui implique des intellectuels, des journalistes, des artistes, et même les rares députés de gauche que nous avons au Parlement.

Voilà pourquoi je suis ici. Je ne me leurre pas. Je suis le prête-nom d'une révolution impossible, et non moins nécessaire pour autant. La différence avec d'autres écrivains et journalistes qui s'engagent à fond dans le combat de Santa Ana à l'appel de sa municipalité rouge, c'est que moi je n'écris plus un seul putain de mot, et pourtant je joue les statues de sel pendant que je me promène dans la ville avec mon uniforme et ma petite casquette de joueur de base-ball.

Quoi qu'il en soit, la tactique de Benjamin s'avère payante, c'est certain. Santa Ana est un nom qui commence à être connu au plan national et même international, grâce à la presse étrangère et aux traductions de textes mexicains parues dans des revues françaises et nord-américaines.

L'attraction qu'exerce Santa Ana provient, sans aucun doute, de l'unanimité qu'elle présente, de l'impossibilité de prendre en défaut sa justice, d'une part, et de deux facteurs complémentaires. Le premier est en rapport avec la fierté d'une victoire qui, par extension, devient celle des autres, dans un pays qui rejette tout le monde dans quelque minorité, même à tort, condamnant les timides au silence et les audacieux à l'isolement. Le second est en rapport avec l'aspect

1. I.S.S.S.T.E. : Institut de la sécurité et des services sociaux des travailleurs de l'État (Sécurité sociale des fonctionnaires).

visuel de la ville : à Santa Ana, il n'y a pas de mendiants. Le miracle de Santa Ana, ce n'est pas d'avoir extrait du pétrole là où il n'y en avait pas, mais d'avoir récupéré la réserve humaine la plus importante de ce pays : les centaines d'enfants qui travaillent dès l'âge de cinq ans en vendant des journaux ou du chewing-gum, les femmes qui tendent la main, les hommes qui vendent des Kleenex en détournant le regard. Les garderies, les maisons de jeunes travailleurs, le plan municipal pour l'emploi, les coopératives, et surtout l'armée des assistants sociaux volontaires qui se sont lancés dans les rues pour reconstruire le paysage humain, ont remporté la grande victoire.

De tels arguments sont des arguments de poids pour organiser la solidarité autour de Santa Ana, mais non pour freiner l'offensive de ses ennemis.

28. Chère Ana/20 avril

Chère Ana,

Avant que tu dises cinquante-deux ans je dirais, moi : pas tout à fait cinquante-deux, et ils sont tous passés à la queue leu leu, et je te réveillerais au beau milieu de ton sommeil pour te dire je suis un con, je devrais me consacrer à l'arithmétique, je ne sais pas écrire, mais d'où a bien pu sortir un type aussi idiot que moi, aussi bourré de vanité, un type à qui il est arrivé de croire qu'il était le maître de mots et de propositions, de phrases et de paragraphes, de chapitres entiers, et qui n'est le maître de rien, même pas de l'Olivetti Lettera 25 sur laquelle il tape comme un sourd, ni du papier, ni des virgules qui ne sont pas au bon endroit, il faut changer de métier avant que les larmes ne jaillissent de mes yeux, ce sera un autre foutu métier où le bal de l'euphorie à la dépression ne sera pas callisténique, tobogganesque, capable de vous faire tomber de la tour Latino-Américaine en dix secondes ; et il te dit cela pendant que tu te couvres la tête et tu dis ça passera, comme si c'était un mot d'ordre de la guerre d'Espagne, *no pasáran*, ils ne passeront pas, mais ça ne passe pas et ça continue, ça ne vous lâche pas, marque fidèle du métier, la peur des mots qui n'existent pas, des phrases qui disent le contraire, des idées insaisissables, des paysages indiscernables, des personnages erratiques, des intrigues vagabondes, blessées à mort, et maudit soit le livre qui vous tombe alors entre les mains parce qu'il n'y a pas une odeur d'encre ou une phrase capable de transformer le cauchemar en rêve et le rêve en ce calme que l'on ressent lorsque l'on met le point final, même si après il faut corriger cent fois, et le meilleur roman est celui qui ne se termine jamais, que l'on n'écrit jamais, auquel on pense tout le temps, celui que l'on porte en soi pour toujours et qui mourra avec vous à cause de ce mariage absurde entre le livre qui ne sera jamais fait et l'homme qui jamais ne l'écrira.

Toutes ces choses, je les dis à qui ? (Le miroir m'a déjà prévenu qu'un autre foutu monologue pour crétins dépressifs ne passera pas.)

A toi, bien sûr.
Je t'aime,
J.D.

29. Oiseaux

Par la fenêtre de sa chambre de l'hôtel Florida, José Daniel Fierro observa les vols d'étourneaux qui faisaient des dessins sur le ciel de Santa Ana, tournant, affolés, virevoltant de façon absurde, écrivant dans l'air un message qu'il ne put retenir... Ils viennent dormir à Santa Ana après avoir parcouru 32 kilomètres depuis Gonzalez Ortega. Ils mangent dans les champs de blé des vallées, et à la tombée du soir ils volent vers Santa Ana pour y peupler les lauriers du parc central, fienter sur les couples d'amoureux et, après avoir piaillé pendant une heure dans les arbres qui masses palpitantes et irritées de verdure, semblent alors vivants, dormir dans la ville. 32 kilomètres, c'est beaucoup pour un oiseau ? 32 kilomètres, ou peut-être un peu moins, parce que c'est la distance par la route, et les oiseaux volent en ligne droite. Pourquoi dorment-ils ici ? Pour la même raison que moi ?

Les lumières de la ville commencèrent à s'allumer. José Daniel s'essuya la sueur avec un grand foulard aux couleurs vives, et vit passer au-dessous de lui la voiture de la police conduite par le Russe, qu'accompagnait Merenciano.

Sur la petite table adossée à la fenêtre, où se trouvait déjà la machine à écrire, il y avait aussi une bouteille de brandy, ouverte. Le seul verre dont il disposait était sale, souillé par les mégots qu'il y avait jetés la nuit précédente. Les oiseaux disparurent peu à peu, et lui, il buvait.

C'était la plus mauvaise heure à Santa Ana, le moment de solitude avant qu'il ne se décide à écrire un peu, à écouter de la musique étendu sur son lit, ou avant que quelqu'un ne se manifeste pour lui payer un dernier verre en ville, remplissant cette heure mortelle de vieilles histoires que J.D. trouvait éternellement neuves, comme si elles dataient de la veille.

Le téléphone retentit. J.D. sourit à l'appareil qui avait deviné sa solitude.

— Nous avons un mort peu banal, chef, dit la voix de Barrientos à l'autre bout du fil.

— Pourquoi ?

— Vous verrez. Descendez. Dans deux minutes, je serai devant votre porte avec la moto.

J.D. raccrocha, s'essuya de nouveau la sueur. Il n'y avait plus d'oiseaux dans le ciel, les dernières lumières s'étaient allumées. Toutefois, la rue était déserte. « Ils doivent être tous en train de baiser », comme dit Merenciano quand les rues se vident inexplicablement à certaines heures de l'après-midi et que la ville s'assoupit au milieu des sommiers qui craquent.

Sur le lit se trouvait sa casquette de joueur de baseball. Il l'enfonça sur sa tête et l'ajusta devant le miroir, qui lui renvoya un visage renfrogné et menaçant.

30. Cierges dans l'église

J.D.F. se fraya un passage au milieu des femmes vêtues de deuil, du boucher qui livrait la viande qu'il portait sur la partie arrière de sa bicyclette, de deux enfants de chœur. L'église était sombre, elle sentait l'humidité, le ranci de la mort, mais la femme ensanglantée était jeune, et son corps nu était déplacé, devant l'autel. José Daniel s'efforça de construire une image littéraire, et des mots comme « obscénité » ou « profanation » ne lui vinrent pas à l'esprit. Par contre, il pensa à des images de *pop art*, à des mannequins en plastique, à des Andy Warhol et à des revues de design allemandes et françaises. La femme assassinée était aussi irréelle que cela.

— Qui est-ce ?

— Pas la moindre idée, chef. Elle ne porte rien sur elle, sauf le couteau avec lequel on l'a tuée. C'est l'enfant de chœur qui l'a découverte il y a quinze minutes, et il a prévenu les hommes de la voiture qui passaient, dit Barrientos.

José Daniel s'approcha du corps et prit dans ses mains le visage défait, en essayant de ne pas effleurer le couteau qui sortait par le centre de la poitrine. C'était une femme jeune, blonde, avec une mèche de cheveux qui tendait à lui retomber sur un œil, coiffure à la Veronica Lake qui lui rappela une petite amie qu'il avait eue à Londres, alors qu'il était étudiant boursier dans cette ville : elle le dévisageait avec toute l'intensité que donne le fait de n'utiliser qu'un seul côté du visage, tandis que l'autre apparaît et disparaît dans le doux va-et-vient d'une chevelure courte. Les yeux bleus regardèrent à travers le chef de la police de Santa Ana, ils regardèrent un assassin qui avait pris la fuite depuis longtemps. Le corps était encore chaud.

— Est-ce que quelqu'un la connaît ? demanda José Daniel à Barrientos. L'Aveugle dit que non.

— Dis au Russe de venir. Rassemble tout le monde ici, et amène-moi l'enfant de chœur qui a découvert le corps... Lomax ! Va me chercher le docteur Jiménez... Je veux parler avec le curé de cette église, le propriétaire temporel, comme il dirait...

Et, levant le visage et la voix vers les policiers de Santa Ana qui commençaient à s'approcher de lui, construisant autour de leur chef un petit cercle protecteur, prêts à obéir aux ordres et à faire des propositions à la vitesse de l'éclair, il demanda aux curieux pour la seconde fois :

— Est-ce que quelqu'un la connaît ?

José Daniel, d'un seul geste théâtral, obtint que les badauds qui commençaient à remplir l'église reculent de quelques pas. Le cadavre était renversé sur les marches qui donnaient accès à l'autel, à mi-distance de l'autel et d'un confessionnal de bois noir.

— C'est moi qui l'ai découverte, chef Fierro, dit un enfant de chœur tout dépeigné qui n'arrivait pas à la ceinture de José Daniel.

— Je n'ai pas assez de lumière. Allume tous les cierges.

— Monsieur le Curé ne le veut pas.

— Mais moi, je le veux, et ceci relève de la volonté de la police de Santa Ana, et non de Dieu, mon p'tit.

L'église s'éclaira peu à peu, tandis que l'enfant de chœur courait de long en large et allumait les cierges et les lampes. Le boucher et une bigote se mirent à l'aider. Le cadavre de la femme se faisait de plus en plus présent à mesure que l'ombre diminuait. Il devenait le centre d'un nouveau rituel qui devait être reconnu quelques années plus tard comme lanuitoùle-cheffierroavaitdécouvertlagringamorte.

— Tignasse, approche-toi du couteau. Observe-le attentivement sans le toucher. Tu as déjà vu des couteaux de ce type ?

— Partout, chef. Ce sont des couteaux de boucher, ou de marchand de *tacos*[1]. On les vend n'importe où, même dans les super.

— Voici le Russe, dit Barrientos.

— Attrape l'enfant de chœur, et amène-le-moi... Le Russe, poste-toi devant la porte, et quand tu verras arriver les policiers de l'État, préviens-moi.

— Je les arrête net ?

— Non, tu me préviens, c'est tout.

— Le voici, chef, dit Barrientos.

— Voyons, gamin : comment l'as-tu découverte ?

— Je suis entré dans l'église et il n'y avait personne, chef. Il n'y avait que cette blonde qui était morte. Je suis sorti en courant et j'ai crié pour appeler le boucher qui passait sur son vélo.

— Il était 10 heures du soir, dit le boucher en s'avançant. Et il ajouta : Je me suis mis devant la porte, la voiture de la police passait, et j'ai crié très fort.

— Et le curé ?

— Il ne viendra pas aujourd'hui. Il doit visiter les autres localités de la municipalité, dit l'Aveugle.

— Et toi, que faisais-tu là, gamin, et habillé en enfant de chœur, par-dessus le marché ?

— Je répétais, chef, et lui aussi, dit-il en désignant le deuxième enfant de chœur qui se tenait quelques mètres plus loin, agrippé à une colonne avec tant d'énergie qu'il avait l'air de retenir le petit temple.

— Ça c'est vrai, dit le second témoin.

---

1. *Taco* : galette de maïs (tortilla) repliée en demi-lune et fourrée au fromage, à l'avocat, au piment rouge...

— Tous les jeudis soir nous répétons.

— Et le temple est ouvert, même si le curé ne vient pas ?

— Il reste ouvert à toutes fins utiles.

— Il est éclairé, ou il ne l'est pas ?

— J'ai allumé une lampe dans la sacristie et je m'y suis changé, chef.

— Quelqu'un a bien dû les voir entrer. Quelqu'un l'a déshabillée. On l'a amenée morte ou on l'a tuée ici. Mais, dans cette ville, se promener avec une blonde nue doit provoquer une telle curiosité que même... Tignasse !

— Il est devant la porte, chef.

— Sous-chef Barrientos, prenez Tignasse avec vous et interrogez tous les ramollis des deux sexes de ce quartier, tous ceux qui à cette heure du soir prennent le frais devant la porte de leur logis, tous les ivrognes, tous ceux qui vivent dans ce pâté de maisons, ou dans le suivant. Que cherchons-nous ? Une voiture qui s'est arrêtée devant l'église. Un groupe de personnes dans lequel il y avait une femme. Deux types qui portaient un tapis dans lequel pouvait tenir le cadavre. Quelqu'un qui a entendu un cri, le bruit d'une bagarre, tout ce qui peut paraître anormal...

J.D. marche autour du corps sans cesser de parler. Il n'est plus dans la peau de son personnage. Il est entré dans une comédie de Mack Sennett. De chaque côté du cadavre, il y a de petites flaques de sang qui proviennent de la blessure à la poitrine, et l'on a marché dans l'une d'elles. C'est à peine si l'on distingue l'empreinte d'un talon de botte.

Il touche de nouveau la femme. Le corps est encore chaud. Quand il laisse retomber le bras, il distingue un petit tatouage de 3 centimètres environ sur la face interne de l'avant-bras : une petite rose avec six mots en anglais : *Loneliness is the heart of life*. Il se dit soudain que la femme n'est pas une blonde naturelle et observe avec soin les racines de ses cheveux. Il n'y a pas de traces de teinture. Elle est blonde et l'a toujours été.

— Le docteur Jiménez ! annonce Lomax en criant, et il entre au pas de course avec le médecin qu'il tient par le bras.

— Depuis combien de temps est-elle morte ? C'est un gaucher qui lui a planté le couteau ? Ils l'ont battue, en plus ? A-t-elle été violée ? Quel âge a-t-elle ? Ce tatouage est récent ?

Jiménez, un homme d'une quarantaine d'années, aux cheveux poivre et sel, regarde fixement le chef Fierro et sourit :

— C'est ma première autopsie instantanée, chef ! Tout ce que je dirai va être faux.

— Faites vite. Dans un moment, la police de l'État va être ici.

— Je vais jeter un coup d'œil, mais ne vous en faites pas : on va porter le cadavre à la morgue, et là, c'est Luis, qui a été mon élève à Durango, qui opère. . Demandez-leur seulement de reculer. Je ne travaille pas en public.

J.D. recule pour donner l'exemple, fait un geste, et la foule qui remplit l'église en chuchotant recule de nouveau. Ceux qui sont assis au premier rang passent au troisième, et ainsi de suite, selon l'ordre d'arrivée.

— Est-ce que quelqu'un la connaît ?

— On est trop loin pour bien voir, répond un vieux mineur.

— *Loneliness is the heart of life*, se dit José Daniel dans un murmure. Et il demande : Lomax, t'est-il déjà arrivé de prendre des empreintes digitales ?

Luix Lomax dit que non.

— Tu as un Polaroïd ?

— Chef, j'en ai un, moi, dit une des enseignantes de l'école secondaire.

— Vous pouvez l'apporter ?

— J'habite loin d'ici.

— Lomax, tu prends la prof sur la moto et tu me la ramènes en quatrième vitesse. Un Polaroïd avec flash et tout le reste ?

La femme acquiesce et sourit au chef et à Lomax.

« ''Fuenteovejuna contre l'assassin de la gringa'', tel sera le titre de l'ouvrage », pense José Daniel, qui s'est efforcé de tout conduire dans le plus pur style *procédural*[1] des histoires de la démarcation 87 de McBaine.

— Elle n'était pas vierge, il semble qu'il n'y ait pas eu viol, on l'a tuée il y a une demi-heure, un peu plus peut-être, et j'ai bien l'impression qu'elle est morte ici parce que le sang, sur le sol, me le dit, elle est morte en quelques secondes. Elle présente des excoriations à un bras et au cou : il est possible qu'elle se soit débattue. Je ne pense pas qu'elle atteigne la trentaine, mais, dans ces cas-là, on n'est jamais sûr. S'il s'agissait de l'une de mes payses de Durango, je vous dirais son âge exact, mais celle-ci a l'air d'être une gringa, ou une jeune femme de bonne famille de Polanco, là-bas dans le D.F...

— Comment avez-vous fait ça si vite et si bien, toubib ?

— J'ai lu tous vos romans, chef Fierro.

— Merde alors, se dit José Daniel, on n'est pas sortis de l'auberge.

— Couvrez-la avec un drap !

— Une couverture, ça fera l'affaire ? demande le boucher, réaliste.

J.D. acquiesça.

— Vous avez déjà vu un couteau comme celui-ci ?

---

1. Allusion au roman de procédure policière nord-américain (*the police procedural*) dont l'auteur s'inspire largement.

— Moi j'en ai trois, dit l'homme qui s'avance vers la morte avec une couverture qu'on lui a passée du troisième rang.

— Je vide les curieux de l'église, chef ? demande Lomax.

— Pourquoi ? La morte leur appartient autant qu'à nous, tant qu'ils ne gênent pas, répond José Daniel qui croit dur comme fer à l'enquête policière démocratique.

La phrase « la solitude est le cœur de la vie » lui rappelle quelque chose qu'il a lu un jour, mais pas en anglais, en traduction : du Tom Wolf ? Du Dylan Thomas ? Quelqu'un de ce genre.

— Quelle heure est-il ?

— 11 heures moins le quart, chef ! 10 H 48 ! répondent les voix anonymes qu'il a utilisées comme un chœur.

— Gamin, à quelle heure as-tu découvert la morte ?

— Je suis arrivé ici vers 10 heures un quart, chef

— Le Russe, à quelle heure le camarade boucher t'a-t-il prévenu ?

— Un peu avant 10 heures et demie, chef.

— Merde ! On venait de la tuer, et nous qui tournions et retournions l'affaire dans tous les sens au lieu de suivre la piste de la rue, qui était toute fraîche. Quand je suis arrivé ici, vingt minutes ne s'étaient pas écoulées depuis le crime.

— Je me trompe peut-être. Disons quarante-cinq minutes, environ, intervient le docteur Jiménez.

— Pas davantage ?

— Pas davantage. Le corps était encore très chaud, et le sol était froid.

José Daniel s'approche du corps qui gît, enveloppé dans une couverture, dont il soulève un coin. Le chuchotement, derrière lui, augmente. S'il pouvait voir le visage sans les marques de la peur, de l'angoisse, de la tension due à la douleur et à la rigidité que la mort commençait à lui imposer...

— Voici le professeur avec l'appareil photo, dit Lomax, dont le visage porte les traces de la poussière qu'il a soulevée en conduisant sa moto à 100 à l'heure dans les rues de Santa Ana.

— Qui les prend ? Vous, ou moi ?

— Oh non, pas moi ! Vous, chef, dit l'enseignante, et elle lui passe l'appareil et recule de quelques pas.

— Découvrez-la, toubib.

Lentement, J. D. commence à prendre des photographies du corps, le visage sous des angles différents, la position, des plans d'ensemble. Il vérifie les résultats, qui sont plus ou moins nets.

— Voici les policiers de l'État, chef, prévient le gamin.

Par la porte, les armes à la main, le chef du groupe de la police de l'État fait son entrée, suivi de deux compères en civil.

— Qui l'a tuée ? demande-t-il en se dirigeant vers le chef Fierro qui finit le rouleau de Polaroïd sans lever les yeux.

— Aucune des personnes ici présentes. On l'a découverte il y a une demi-heure. Personne ne sait rien. Personne n'a rien vu. Personne ne la connaît.

— Cette affaire relève de notre compétence, dit Duran Rocha.

Le chef Fierro le dévisage en essayant de deviner quelque chose, et il ne trouve que le visage grêlé du policier de l'État.

— Allons-nous-en, dit-il au docteur et à Lomax, au Russe et à Merenciano, mais le gros des curieux interprète ses paroles comme un ordre adressé à la communauté, et l'église est évacuée peu à peu à la surprise des nouveaux arrivants. Le boucher, en sortant, éteint les cierges les uns après les autres.

— Que les témoins restent ici ! dit Duran Rocha, mais personne n'écoute.

— Vous pouvez passer demain pour lire mon rapport, répond Fierro en lui tournant le dos.

L'église se vide lentement, pendant que les témoins du crime et les témoins du début de l'enquête suivent le chef de la police de Santa Ana vers la rue.

31. Horaire de bureau

— La permission d'aller dormir est suspendue pendant toute la durée de l'enquête, dit José Daniel.

Et il jeta sur son bureau les photographies Polaroïd, devant les deux agents tout excités. Puis ajouta :

— Prends la moto et va chercher Barrientos et Tignasse qui sont en train d'enquêter dans le pâté de maisons aux alentours de l'église. Dis-leur que l'heure du crime se situe vers les 10 heures du soir, là même, dans l'église, ce qui veut dire que l'assassin et la blonde sont entrés ensemble, dis-leur que j'ai bien l'impression qu'il s'agit d'une gringa, dis-leur de chercher les vêtements, qui ont dû être jetés quelque part. Merenciano et le Russe vont faire les hôtels, avec une de ces photos, et s'ils trouvent l'hôtel dans lequel elle logeait, ils m'appellent aussitôt, montent la garde devant la porte de la chambre et ne laissent entrer personne, pas même les mouches.

— Et vous, chef, qu'allez-vous faire ?

— Moi je vais préparer du café. Si on ne me trouve pas ici, je serai dans la salle des séances. J'ai vu que les lumières étaient allumées, quand nous sommes passés.

J.D. leur tourna le dos et alla chercher la cafetière. Il ignorait s'il était parvenu à les tromper, mais il s'y était fermement efforcé. Eux et toute la ville de Santa Ana. Si on donne des ordres avec une rapidité telle que ceux qui les reçoivent n'ont pas le temps d'y réfléchir, il semble que celui qui les donne sait de quoi il parle. Et José Daniel, dans son rôle de chef Fierro, était parvenu à se convaincre lui-même. « Que manque-t-il ? » se demanda-t-il dans le bureau vide. Il puisa dans son arsenal de trente-cinq années de lecture de littérature policière : « Des empreintes, pourquoi ? Pour l'identifier s'il s'agit d'une gringa, je suppose ; prendre en filature les judas, pour voir ce qu'ils font ; des copies des photos, pourquoi ? »

José Daniel rejeta sur un côté sa casquette de joueur de base-ball et se servit une tasse de café, dont il eut le pressentiment qu'elle était la première d'une longue série.

— Chef, une entrevue ! dit Canales-le-Long, et il entra dans le bureau en heurtant le portemanteau.

— Tu la connais, Canales ?

Canales-le-Maigre regarda la photo du visage de la morte, puis les autres :

— Je pense bien que je la connais. Je l'ai vue pas plus tard qu'aujourd'hui.

— Où ?

— Dans la librairie d'Esther, à « La pierre qui roule ».

— Qui est-ce ?

— Allez donc savoir, mais c'était une gringa qui parlait l'espagnol. Elle bavardait avec Esther quand je suis arrivé pour acheter des livres.

— Qu'as-tu acheté ?

— Un nouveau roman de Sémionov est arrivé.

— Et Esther, où pouvons-nous la trouver ?

— Elle vit au-dessus de la librairie... Mais d'abord, accordez-moi une entrevue ! Venez au studio. C'est à côté.

— Et qui va s'occuper du bureau ?

— Le gardien. Nous allons en parler à Tomas. Laissez-lui vos instructions.

J.D. s'arrêta.

— Est-il possible de mettre sur écoute le téléphone de la police de l'État ?

— C'est déjà fait. Mais ça ne fonctionne que deux fois sur trois, parce qu'on ne peut pas faire confiance à toutes les opératrices. Que voulez-vous savoir ?

— Tout. A qui ils parlent. De quoi.

— Une seconde, dit Canales-l'Efflanqué, et il prit le combiné. Maria ? Dites à Laura de tendre l'oreille comme elle sait le faire, et si on demande le chef Fierro, passez les appels au studio, s'il vous plaît. Appelez Tomas, qui est devant l'entrée, et dites-lui que, si les agents arrivent, il leur dise que le chef est au studio de la radio... Voilà.

Canales raccrocha et dit à J.D. :

— Vous me devez un dîner. C'est le prix que je vais payer pour que Maria fasse les trois commissions sans rien oublier.

J.D. marcha à côté de Canales-le-Maigre. La nuit refroidissait la cour centrale du bâtiment. Le studio de la radio était plongé dans la solitude, un *long play* de musique classique tournait, et les voyants rouges sur le tableau étaient les seuls signes de vie.

Canales prit le micro, changea de levier et se lança en direct :

— Ici Radio Santa Ana, studio central. Vous allez entendre une entrevue en direct avec notre chef de la police, le célèbre écrivain José Daniel Fierro, qui va résumer pour nous les résultats de son enquête sur l'étrange assassinat commis ce soir dans notre ville.

José Daniel prit un air sérieux. La radio avait la vertu de le transformer en un personnage de mélodrame.

— A 10 heures du soir, dans l'église de la rue Lerdo [1], une femme de vingt-cinq ans environ, blonde, aux yeux bleus, a été assassinée. Le corps a été

1. *LERDO* (loi) : en 1856, la Réforme, par la loi Lerdo, supprime la propriété collective en matière de biens fonciers.

découvert par hasard, quelques minutes plus tard. Elle était nue. On l'avait tuée avec un couteau de cuisine.

— Connaissez-vous le nom de la morte ?

— Nous ne possédons pas encore certains renseignements, mais nous enquêtons.

— Tenez-vous quelque piste ?

— Pour ne pas entraver la bonne marche de l'enquête, je préfère ne pas répondre.

— Est-il exact que la police de l'État soit arrivée une demi-heure après que vous aviez commencé l'enquête ?

— Tout à fait.

— La police de Santa Ana va-t-elle continuer à enquêter sur l'assassinat ?

— Oui, bien que la police de l'État ait pris l'affaire en main, nous poursuivrons l'enquête pour notre compte.

— Monsieur le Chef de la police, vous ne faites pas confiance aux policiers de l'État ?

— Pas le moins du monde. Le crime a eu lieu dans notre ville. Nous avons été les premiers à trouver le corps. Nous saurons qui a tué cette femme, et pourquoi.

— Souhaitez-vous que la population coopère avec vous ?

— Oui, et nous allons faire plusieurs demandes dans ce sens. Il est urgent pour nous de savoir qui est cette femme. Aussi demandons-nous aux habitants de Santa Ana qui ont connu ou vu une femme qui correspond à notre description, de nous le faire savoir immédiatement. Nous allons apposer une photo du cadavre sur le tableau d'affichage qui se trouve à l'entrée de la mairie, afin de faciliter l'identification. Nous voudrions savoir également si quelqu'un a observé quelque chose d'anormal vers 10 heures du soir aux environs du temple de la rue Lerdo. Enfin, comme la femme a été trouvée nue, si quelqu'un découvre des vêtements de femme abandonnés quelque part dans la ville, nous souhaiterions en être informés sur-le-champ.

— Ainsi, chef Fierro, vous demandez à la population de participer à l'enquête ?

— Tout à fait. Une femme est morte aujourd'hui, sauvagement assassinée dans notre ville. Nous devons trouver les assassins. Il y va de la responsabilité de chacun de nous.

— Ici, Radio Santa Ana. Vous venez d'écouter, en direct, une entrevue avec le chef de la police de cette ville, une heure après l'assassinat commis dans l'église du Carmel de la rue Lerdo... Et maintenant, pour vous, de la musique de la résistance chilienne... Avez-vous une idée, chef ?

— J'ai sur les bras une femme morte, et je ressens la chose comme une offense personnelle.

— Pour vous ?

— Pour elle...

32. Nuit de ronde

José Daniel aligna les quatre petits verres en carton qui contenaient le reste du café. C'était sa façon de mesurer la nuit. Et il se mit à résumer l'affaire.

— Si je me trompe, si j'oublie des choses, si vous ne me comprenez pas ou si je m'explique mal, vous m'arrêtez, nous discutons, et nous recommençons, autant de fois qu'il le faudra.

— Nous vous arrêtons ? demanda Merenciano.

— Net.

Autour de lui, écrasés sur les tabourets, le Russe et Merenciano, Barrientos-l'Aveugle assis sur le classeur métallique, Lomax assis par terre dans la position du lotus, Canales debout dans l'encadrement de la porte (en sa qualité de fan du roman policier et non de présentateur de Radio Santa Ana).

Les forces de police de la municipalité rouge allumèrent des cigarettes et se servirent de nouveaux verres d'un café aromatique.

— Hier après-midi, probablement dans le but d'assister à la manifestation, ou allez donc savoir pourquoi, une gringa est arrivée dans cette ville, au volant d'une Renault immatriculée en Californie. Elle s'est fait inscrire au registre du motel Lucas, sous le nom de Jessica Lange, mais ce doit être un pseudonyme.

— Jessica Lange ? La Jessica de *King Kong* ? demanda Canales.

— Celle-là, en effet. Mais il s'agit d'une autre personne. Regardez la photo : celle-ci est belle, mais pas à ce point.

« Nous ne l'avons pas vue à la manifestation, mais cela ne veut rien dire. Au motel, elle n'a reçu aucun appel téléphonique. C'est à peine s'ils se sont aperçus qu'elle y a dormi, et elle est ressortie ce matin. La voiture n'y est pas. Nous savons qu'il s'agit d'une Renault rouge, mais nous ne connaissons même pas son numéro d'immatriculation. Laissons cela pour plus tard.

— Mais la voiture était hier soir au motel. Donc, c'est aujourd'hui qu'elle l'a prise, dit le Russe.

— Comment avez-vous su qu'il fallait chercher dans un hôtel ? demanda l'Aveugle.

— Je ne sais pas, moi. Une idée, comme ça...

— C'est ce qui s'appelle avoir de l'intuition, dit Lomax.

— Au motel — poursuivit José Daniel —, la chambre était en désordre, il n'y avait pas de valise, mais quelques vêtements épars, et d'autres affaires : un journal de Los Angeles, daté du 18, une boîte de chocolats ricains, un roman en anglais, une boîte de Kotex et une brosse à dents dans le cabinet de toilette, deux culottes sales à côté de la douche, un téléobjectif Zeiss qui a dû lui coûter la peau des fesses, un dossier avec des photos en noir et blanc de photographe professionnel, des clichés 5/8 qui représentent tous un enfant d'environ six-sept ans, le dossier avait glissé derrière le miroir. Il manque le reste de ses affaires. Nous savons qu'il ne s'agissait que d'une valise de toile, bleue, au dire du garçon qui s'occupe des gens qui arrivent de nuit à l'hôtel. Et voilà. Il ne nous reste plus que la voiture disparue, la valise disparue. Nous savons que, avant-hier, elle se trouvait à Los Angeles, et qu'elle s'est fait inscrire au registre du motel sous un faux nom, et que, aujourd'hui, elle en est sortie... Nous savons qu'elle s'est rendue à la librairie. Demain, nous vérifierons cela... Et à 10 heures, elle était morte dans l'église, et nue.

— Pourquoi était-elle nue ? interrogea Barrientos.

— C'est une des clés de l'affaire. On lui enlève ses vêtements parce qu'ils pourraient servir à l'identifier, ou à identifier ses assassins, ou parce qu'on veut provoquer un scandale avec une gringa trouvée morte, et nue, dans une église de Santa Ana.

— Pourquoi était-elle dans l'église ? demanda Barrientos.

— De deux choses l'une : par hasard, elle se trouvait là et c'est là qu'ils l'ont surprise,... ou bien... mais je ne vois pas d'autre possibilité.

Il se fit une pause et tous, rituellement, burent une gorgée de café. J.D., magnanime, fit circuler un petit flacon de brandy qui lui fut retourné vide.

— Putain, c'était pour que vous arrosiez un peu votre café, et non pour que vous preniez du brandy avec du café pour améliorer sa couleur... Enfin. Les habitants de la rue Lerdo ne nous ont fourni jusqu'à présent que deux petits renseignements. Quelqu'un a vu une voiture rouge garée devant l'église, et a été sur le point d'entrer dans l'édifice pour dire à son propriétaire que le curé n'était pas là, mais...

— Doña Lola, compléta Tignasse.

— Doña Lola, en effet. Son gamin était malade, et elle a passé son chemin. Quand elle est passée par là la voiture était vide. Quand les enfants de chœur ont découvert le corps, la voiture n'était plus là. Deuxième renseignement : deux mineurs du tour de nuit sont venus nous apporter les vêtements de la femme, qu'ils avaient trouvés avenue Riva-Palacio, derrière une poubelle. Ainsi, nous allons savoir si on l'a déshabillée après sa mort... Personne n'a rien entendu de plus, dans la rue.

— Il faudrait aller y faire un autre petit tour et recommencer. Nous n'avons pas parlé avec tous les habitants, dit Barrientos.

— Soit. De quels éléments disposons-nous ? D'une automobile. Allons tous dans la rue et cherchons-y une auto gringa immatriculée en Californie. Non seulement dans la ville, mais dans ses environs. Nous allons diviser la ville en quatre secteurs, et nous les partager. Merenciano et le Russe, dans la voiture, vont s'occuper de l'est et du nord, Tignasse, à bicyclette, du centre, c'est plus facile, Lomax, du sud avec sa moto, et par les lotissements et les routes nous allons poursuivre nos recherches en direction de Chihuahua et de Monterrey. Tenez-moi informé toutes les quinze minutes. Exécution.

33. Une voiture rouge mal garée

— Il y a un temps pour poser des questions... Canales, comment Bob Dylan dirait-il cela ? demanda José Daniel, les yeux cernés, en alignant sur son bureau les neuf petits verres en carton.

— ... Et un temps pour répondre à des questions... Dylan selon l'Ecclésiaste, répondit Canales, écroulé sur une chaise.

Il aurait voulu cacher ses jambes et ne savait où les fourrer.

Barrientos était toujours juché sur le classeur et, dans cette position, répondait au téléphone.

— Le temps n'est pas venu de poser les questions. Pour poser une bonne question, il faut connaître une partie de la réponse. Mais même ainsi : que faisait-elle dans l'église ?

— On l'a tuée tout habillée, dit Barrientos en jouant avec la robe jaune qu'on leur avait apportée, et dont le corsage était ensanglanté et déchiré par le couteau. Et il précisa : D'abord on l'a tuée et ensuite on l'a déshabillée.

— Il y avait la trace du talon d'une botte qui avait marché dans le sang, dit J.D.

Il se mit à la dessiner :

« Comme ceci, très exactement.

— Vous l'avez photographiée ?

— Je n'y ai pas pensé.

— J'y vais, chef.

— Nous ferons cela demain, à moins que la police de l'État n'ait tout effacé... Et de votre côté, rien ?

Canales dit que non.

— Ils ont téléphoné une fois à la capitale, pour faire leur rapport. Ils vous ont insulté plusieurs fois en invoquant votre mère, chef, parce que vous êtes arrivé le premier, mais rien de plus.

J.D. se leva de son fauteuil et se dirigea vers la fenêtre. Les rues étaient vides.

— A quelle heure le jour se lève-t-il, ici ?

— Dans une demi-heure, dit Barrientos.

Et il s'étira pour répondre à un appel téléphonique.

— Oui ? Où ? demanda-t-il.

Puis se tournant vers José Daniel :

— Ils ont retrouvé la voiture rouge.

J.D. s'étira et essaya de toucher la partie supérieure de l'encadrement de la fenêtre. Il prit la petite casquette et le fusil accroché derrière la porte.

— J'y vais, les émissions vont commencer dans un moment. J'ai un lit dans le studio. Voulez-vous que je dise encore quelque chose ? interrogea Canales.

— Faites-leur un résumé de ce qui s'est passé hier soir.

Barrientos ouvrit la marche.

— Comment y allons-nous ? demanda J.D. en se frottant le corps pour chasser le froid.

— Sur l'autre moto, la vieille.

J.D. contempla le ciel. Les étoiles de Santa Ana apparaissaient toutes les nuits : par milliers, soleils pâles qui brûlaient. Sa barbe poussait à la chaleur des étoiles. L'Aveugle donna un coup d'accélération. J.D. monta sur le siège arrière, mit soigneusement son fusil en bandoulière, et gémit :

— Je suis prêt, sous-chef.

La moto démarra à toute vitesse dans les rues solitaires. A 100 kilomètres à l'heure sous les étoiles, dans un air glacial qui le faisait trembler comme à la fin d'une semaine de cuite, José Daniel Fierro, de sa main libre, enfonça sa casquette jusqu'aux oreilles.

— Nous arrivons, chef. C'est le lotissement « Les Émeraudes ». Celui qui se trouve derrière la colline, sur la nationale.

— Qui vit là-dedans ?

— Les éleveurs, le patron de la mine, les commerçants, les parents de Mercado, la directrice de l'école secondaire, les ingénieurs du champ expérimental de la S.A.R.H. [1], l'ex-maire du P.R.I., une de mes belles-mères...

— Ça suffit, voulez-vous ?

Ils s'engagèrent sur la nationale et Barrientos accéléra davantage. Puis il prit un virage très ouvert et José Daniel eut l'impression que ses dents tombaient, quand un vent glacial le fouetta au visage.

La voiture rouge était au bout d'une rue. Solitaire. A côté d'elle, Lomax sur la moto. L'Aveugle freina bruyamment devant la moto de Popochas, en soulevant des gravillons. J.D. mit pied à terre et fit quelques mouvements pour se désengourdir.

— Il n'y a pas d'autres voitures ?

— Ils les mettent toutes au garage.

J.D. fit le tour de l'automobile pendant que ses assistants la contemplaient. Elle était fermée. Lomax en éclaira l'intérieur avec une lanterne. Les clés ne se trouvaient pas sur le tableau de bord.

— De deux choses l'une : ou bien on l'a abandonnée ici, et nous n'avons pas de piste, ou on n'a pas pensé que nous allions la retrouver si vite, et dans ce cas quelqu'un qui habite dans ces maisons est dans le coup.

— Eh bien, s'il en est ainsi, ils sont foutus, parce que c'est là que vit le roi des trouillards, dit l'Aveugle en souriant.

— Qui ?

---

1. S.A.R.H. : Ministère (*Secretaría*) de l'agriculture et des ressources hydrauliques.

— Melchor Barrio, le gros bonnet du P.R.I.

— Nous allons lui rendre une petite visite ?

— A 5 heures du matin, et sans en avoir parlé au préalable avec Benjamin, je crois bien que non.

— Lomax, mets-toi en contact avec la voiture, et dis-leur de nous ramener Benjamin. Qu'on le sorte du lit s'il le faut.

— De quel lit ? Où dort-il cette nuit ? demanda Lomax.

— Allez donc savoir, dit Barrientos.

— Merde alors, murmura José Daniel.

Il se remit à tourner autour de la voiture rouge. On entendait les grillons, et un arrosoir automatique arrosait le jardin derrière la clôture de pierre de la résidence. Des murs d'enceinte et encore des murs d'enceinte délimitaient la rue, protégeant des châteaux tenus à l'écart du reste de la ville. Deux maisons seulement d'un côté, et de l'autre, une, celle du gros bonnet du P.R.I.

— Là-dedans il y a des gens armés, dit l'Aveugle.

— Et après ?

— Si je vous dis ça, c'est pour que vous soyez au courant. Après, on dira que je ne vous préviens pas.

— Popochas, que l'on fasse venir une grue et que l'on transporte la voiture dans la cour de la prison. Je crois que ce sera tout pour aujourd'hui.

34. Notes pour l'histoire de la municipalité rouge de Santa Ana
José Daniel Fierro

Après l'accession au pouvoir de Benjamin et de sa bande, la criminalité dans la municipalité de Santa Ana s'est modifiée. Résultat sans aucun doute de l'aggravation des affrontements sociaux, les assassinats ont augmenté. Résultat allez donc savoir de quoi, les vols ordinaires ont diminué. Les vols officiels ont disparu. Allez donc savoir si l'aggravation de la lutte des classes n'est pas à l'origine de certains cas de folie, le fait est que les crimes sexuels ont augmenté. Les divorces ont augmenté de façon étonnante (de 27 divorces annuels, on est passé à 103). La clientèle des sorcières de la ville (2) a diminué. Les vols d'automobiles, de motos et de bicyclettes ont pratiquement disparu. Les agressions sur la voie publique ont pratiquement cessé (une partie de la bande s'est intégrée au mouvement et, selon une information de Barrientos-l'Aveugle, on a donné à l'autre partie un délai de vingt-quatre heures pour quitter la ville). Les dénonciations pour insultes et injures ont été multipliées par 8. Les arrestations d'ivrognes, dans les rues, ont diminué. Les arrestations dues à des accidents de la circulation ont diminué également. La mendicité a disparu. On ne soigne presque plus de maladies vénériennes dans les hôpitaux publics. Les arrestations pour délit d'hygiène publique ont augmenté. Un citoyen a été arrêté parce qu'il pétait au cinéma. 6 patrons ont été arrêtés parce qu'ils ne payaient pas le salaire minimum. Il n'est pas très difficile de conclure.

35. L'hôtel Florida, à l'aube

Il posa son fusil derrière la porte. Se dirigea vers le petit cabinet de toilette et vérifia qu'il n'y avait personne à l'intérieur. Puis il se mit à la fenêtre pour voir les lumières qui tachaient peu à peu les murs blancs de la Grand-Rue. Il tenait entre ses mains la robe jaune, ensanglantée et trouée, et le dossier avec les photos de l'enfant. Un enfant de six ans environ, blond comme la femme morte, à la sortie d'une école sans nom, dans une rue pleine d'automobiles immatriculées en Californie, en train de manger une glace, souriant devant la cage des singes, qui dormait dans un lit très petit, aux draps blancs, en suçant son pouce.

José Daniel se sentit terriblement vieux. Il se dit qu'il pouvait très bien faire sa valise et prendre le chemin de la gare routière. Cette nuit-là en valait bien une autre pour faire ses adieux à Santa Ana.

Il se regarda dans le miroir. Cette sacrée manie qu'il avait depuis peu de prendre ses décisions debout et avec une petite casquette de joueur de base-ball ! Santa Ana le vieillissait. Ou, tout simplement, était en train de lui donner un statut de survivant au bord de la retraite. Il se demanda s'il allait entonner le *Venceremos* ou un tango de Gardel qui parlait de cheveux blancs, s'il allait s'endormir debout comme les chevaux ou se masturber en pensant à Greta Garbo. C'était là un symptôme de vieillesse. Tout le monde se masturbait en pensant à Jane Fonda ou à Olga Breeskin, c'était affaire de goût, et lui il pouvait encore le faire en se concentrant sur des chanteuses du terroir, à la robe très ample aux chevilles et au chapeau de paysanne.

Pauvre José Daniel Fierro, tellement maître de sa machine à écrire et tellement déraciné ! Tellement propriétaire de rêves qui n'étaient pas les siens, tellement solitaire dans ses propres cauchemars ! Tellement saisi d'effroi devant une virgule mal placée et tellement riche depuis peu en blessés, en cadavres, en restes humains et en terreurs !

Comme toujours, l'aube de Santa Ana s'incrustait dans sa peau et lui faisait revivre de vieilles sécheresses. Il éteignit. Faiblement éclairé, son visage s'estompait dans le miroir, cadavérique. Il rejeta légèrement sa petite casquette sur le côté droit, puis la redressa. S'il ne voulait pas, il ne fallait pas accepter. Maintenant, il ne lui restait plus qu'à quitter Santa Ana avec la bourse Guggenheim, en compagnie d'une armée de vaincus, sur le chemin de l'exil (lui, il serait l'avant-dernier, un fusil à la main). C'était cela, ou marcher à côté de la dernière ambulance sans oser regarder en arrière pour que les bottes flambant neuves ne se transforment pas en sel.

Maintenant, il ne lui restait plus qu'à découvrir les assassins de la jeune femme qui voulait être Jessica Lange et que l'on avait transpercée d'un couteau de cuisine.

Il s'assit sur son lit et se regarda de nouveau dans la glace. Il se leva, alla vers la porte et prit le fusil.

Il dormit avec ses bottes et sa casquette, en étreignant amoureusement le fusil qui se chargeait par la culasse.

Il souriait.

36. Confidences

Il ouvrit un œil, se dressa sur ses coudes, effrayé. Il y avait quelqu'un dans sa chambre. Son fusil tomba à terre.

— Rien de grave, chef. Je lui ai mis le cran de sûreté. Tout de même, vous n'êtes vraiment pas malin quand il s'agit des armes. Vous avez dormi avec le fusil sans mettre le cran de sûreté.

José Daniel Fierro se gratta le sommet de la tête :

— Et que fais-tu si tôt ici, l'Aveugle ? Quelle heure est-il ?

— 8 heures. Vous n'avez dormi que deux heures et demie, chef, dit Barrientos-l'Aveugle.

Il alla vers le lavabo, ôta ses lunettes, ouvrit le robinet, laissa couler l'eau froide, et se mit à s'enlever soigneusement la chassie. A la fin de l'opération, il soufflait comme un phoque.

— Alors, il y a du nouveau ?

— Je suis allé à la pêche aux bruits, chef. Voilà pourquoi je n'ai pas dormi.

— Et cette pêche, comment ça se pratique ? Il va falloir que tu m'apprennes.

— On va par ici et par là, on cherche les plus cancaniers, on laisse tomber deux mots en espérant en recueillir dix. C'est facile. La seule difficulté, c'est que 7 heures du matin n'est pas l'heure la plus appropriée pour aller à la pêche aux racontars. Dans cette ville, tout le monde est un peu dans le cirage, à cette heure-là.

— Le chef de la police y compris.

— Tout juste... Ici, à l'époque de la révolution, venait souvent un colonel de Pancho Villa, le colonel Cabrera Palomec, uniquement pour faire sa moisson de racontars, pour qu'on lui dise ce qui se passait à des centaines de kilomètres de la ville. Il prétendait qu'on ne lui parlait nulle part de la révolution aussi bien qu'à Santa Ana. Une fois, il a taillé en pièces les hommes de Carranza[1] à Las Tunas, à 75 kilomètres au nord d'ici, et il est venu en quatrième vitesse à Santa Ana pour se faire raconter la bataille.

José Daniel repoussa doucement l'Aveugle, qui se peignait avec sa brosse devant le miroir, pour se laver le visage lui aussi.

— Et que disent les racontars ?

— Ce n'est pas la première fois que la gringa venait dans cette ville. Ça sent la merde, chef, ajouta l'Aveugle, énigmatique.

J.D. le regarda fixement. L'Aveugle rentrait sa chemise sous son pantalon, soigneusement, tout en cherchant à se donner un air plutôt martial.

— Et nos troupes ?

— J'ai envoyé Lomax et Merenciano se coucher. Martin, le Russe, surveille l'automobile de la gringa. Tignasse patrouille dans la ville, à moto.

— Je me rends à pied à mon bureau. Demandez à la patronne de la librairie de bien vouloir passer me voir tout de suite.

José Daniel sortit de l'hôtel Florida et fut surpris par la force du soleil, qui le piquait au visage et dans le dos. S'il s'achetait des lunettes noires, ce serait excessif. Quelques élèves de l'école secondaire, des retardataires, le croisèrent en chemin. Il sentit leur regard dans son dos, mais ce n'était pas le regard

1. *CARRANZA*, Venustiano (1859-1920). Chef du mouvement constitutionnaliste pendant la révolution. Fut élu président de la République en 1917.

hostile du Mexicain ordinaire devant la loi, c'étaient des regards solidaires. Dès que l'occasion s'en présenterait, il allait se procurer un macaron du lycée pour l'arborer à côté de celui de l'Homme-Araignée. L'école secondaire et populaire du 20-Avril était un de ses spectacles favoris à Santa Ana : les centaines d'adolescents avec leurs pulls verts qui marchaient sur les bas-côtés de la route à la moitié de l'après-midi.

Les neuf verres de café étaient toujours alignés sur sa table. Une lumière brillante, entrant par la persienne, divisait le bureau en franges. Il vérifia que la cafetière contenait encore de l'eau, mit du café frais et brancha. Puis il fit quelques pas en direction du quartier général du studio de la radio. Fritz était aux commandes. A côté de lui, Canales-le-Maigre dormait sur un lit minuscule duquel dépassaient 30 centimètres de jambes.

— Et nous continuons notre programme pour commencer la journée. Voici, pour vous, *Clair de lune*. Une musique qui vous bercera au début du matin. Vous êtes à l'écoute de Radio Santa Ana.

Fritz lui montra du doigt Canales qui dormait :

— Vous constaterez que ce connard me fait programmer de la musique de sieste. S'il ne se réveille pas très vite, je vais lui foutre les Chœurs de l'armée russe, et ensuite la *Symphonie héroïque*, de Beethoven. Et les autres connards qui continuent à brouiller nos émissions à partir de la colline.

— On a appelé ?

— Au sujet de la morte ? Oui, une dame qui tient un étalage de *tacos* rue Lerdo, pas très loin de l'église. Elle se nomme Doña Luisa. Elle n'a rien voulu me dire, bien que je lui aie fait le baratin d'usage au sujet du droit à l'information. Elle veut que vous passiez la voir. Il y a eu deux autres appels, des menaces de mort contre Benjamin, pour lui dire que cette fois-ci on allait lui faire sa fête.

— Ça arrive souvent ?

— Un jour sur deux.

J.D. salua en portant un doigt à sa casquette et retourna à son bureau.

Quand il arriva, il trouva Barrientos en train de servir deux verres de café.

— Esther m'a dit qu'elle ne peut pas s'absenter de la librairie maintenant, parce qu'elle est en train de réceptionner des caisses de livres du D.F... Vous pouvez passer, ou l'attendre une demi-heure... On a signalé un vol dans le magasin de la CONASUPO [1]. J'ai envoyé Tignasse.

— La librairie est loin d'ici ?

— A cinq pâtés de maisons environ, en suivant la contre-allée de la Grand-Rue, rue de la Révolution, vers le sud.

— Je vais me rendre à pied à la librairie, puis je passerai à la prison pour voir la voiture, et de là j'irai voir une dame dans une boutique de *tacos* située en face de l'église et qui veut me parler. Vous, occupez-vous de cette histoire de vol, et quand le Russe se montrera, envoyez-le se coucher après que Lomax et Merenciano auront fait leur rapport... Tout ceci va être pénible. Dormez un moment ici. Fauchez leur lit à nos voisins de la radio.

Barrientos acquiesça.

La librairie était très étroite avec, sur les côtés, deux longues séries de meubles bourrés de livres du sol jusqu'au plafond et, au centre, de petites tables dont la dernière servait de caisse et de bureau à la patronne. J.D. essaya d'aller vers elle en ligne droite mais n'y parvint pas. A un mètre et demi de l'entrée, il s'arrêta devant le rayonnage de littérature latino-américaine. C'est alors qu'il vit *Il n'y aura plus de chagrins ni d'oubli*, de Soriano. Un livre qu'il cherchait depuis

1. *CONASUPO* : Compagnie nationale des Subsistances populaires. Collecteur, transformateur et distributeur des produits agricoles.

deux ans. A côté, *Les Camarades*, de Rolo Díez, un roman qui venait de sortir et dont on lui avait parlé au D.F., sur les dernières années de la folie argentine de l'E.R.P. [1] Il continua à fouiner, accroupi devant le meuble. Il en avait oublié l'objet de sa visite.

— Ça ne ressemble pas à une librairie de petite ville, n'est-ce pas ? dit Esther.

— Vraiment pas, répondit J.D.

Et il retira de la partie inférieure du rayonnage un recueil de nouvelles d'Onetti, dans l'édition Tiempo Contemporáneo, dont il avait possédé un exemplaire qu'on lui avait volé quelques années auparavant. Merde alors ! Il y avait aussi les deux premiers romans d'Iverna Codina et *Bolero*, de Lisandro Otero, dans une édition cubaine.

— Allons, dédicacez-moi vos romans, José Daniel, ici, dans le rayon des livres policiers.

J.D. prit ses livres et suivit la jeune fille jusqu'au quatrième meuble. Il y avait là sept de ses romans, certains dans de vieilles éditions introuvables sur le marché. Il y avait également le nouveau roman policier d'Orlando Ortiz et quelques vieilles éditions du Caïman et du Septième Cercle.

— Ouf ! dit le chef Fierro.

— Je savais bien que ça allait vous plaire. Il reste ici des livres que l'on ne trouve plus au D.F. J'achète ici et là, au fur et à mesure. Regardez, j'ai une quinzaine de romans de Simenon, des Maigret, à 500 pesos.

J.D. dévisagea avec admiration la patronne de la librairie. Il valait beaucoup mieux lire qu'être le chef de la police. Aussi la question suivante fut-elle un acte de masochisme :

---

1. *E.R.P.* : Armée (*Ejército*) révolutionnaire du Peuple. Avec les *montoneros* des commandos urbains, les maquis des trotskistes de l'E.R.P. se sont livrés à la lutte « antiterroriste » pendant les derniers mois du gouvernement de la veuve du général Perón (1974-1976).

— Elle est venue ici, hier, la gringa qui a été tuée ?

— Anne ? Anne a été tuée ? Je pensais que vous veniez pour que nous parlions de livres. Personne ne m'a rien dit.

— Elle s'appelle Anne ? demanda José Daniel en lui tendant une des photos Polaroïd.

Esther la regarda fixement :

— Pauvre petite blonde.

— Tu la connaissais depuis longtemps ?

— Elle est venue l'année dernière. Elle était photographe dans une revue de Los Angeles. Nous on est *folk*, la ville rouge et tout le baratin. Elle est venue aux manifestations. Elle a acheté ici quelques livres, des romans *underground* des années soixante que j'ai dans mon arrière-boutique, les choses qui plaisaient aux Ricains de la ville. Elle était sympathique, et parlait l'espagnol. Hier, elle est venue m'acheter deux livres, elle m'a dit qu'elle ne pouvait pas fermer l'œil. Elle a acheté dans une édition de poche *Les Nus et les Morts*, de Mailer, et une biographie de Bob Marley, le Jamaïcain du reggae. Nous avons parlé pendant dix minutes. On voyait qu'elle était tendue.

— Elle n'a pas dit si elle voulait voir quelqu'un d'autre ? Elle n'a rien dit de Santa Ana ?

— Elle a dit qu'elle allait prendre quelques photos de la coopérative de tissu de palme, à la mairie, qu'elle irait voir Benjamin, mais on avait l'impression qu'elle avait l'esprit ailleurs.

— Et les Ricains ?

— Lesquels ?

— Ceux qui vivent à Santa Ana.

— Ils constituent une colonie d'une quinzaine de familles. Ce sont des anciens du Viêt-nam. Ils touchent presque tous des pensions de retraite, à cause de leurs blessures. Le chèque qu'ils reçoivent leur permet de vivre comme des rois, ici, alors qu'à Kansas City ils crevaient de faim. Ils sont aimables, leurs excès ils les commettent là-bas, ils fréquentent peu les natifs de mon espèce. Tous, ils ont leurs petites occupations : Un tel a un four de potier, la femme d'un autre peint des aquarelles, un troisième étudie l'allemand par correspondance et ne parle pas l'espagnol. Ils viennent ici pour acheter des livres et passer des commandes que je satisfais en m'adressant à l'American Book, de Monterrey. Je ne les ai jamais vus avec Anne.

— Personne ne la connaissait, hier, et pourtant tu m'as dit qu'elle est venue ici, l'année dernière, et qu'elle a pris des photos.

— Elle n'est restée que quelques jours. Je me souvenais bien d'elle parce qu'un jour nous sommes restées des heures et des heures à parler de livres de photographies. Elle adorait Robert Capa et Cartier-Bresson. Elle aimait les mêmes photographes que moi.

— Et que moi.

J.D. sortit de la librairie avec 47 livres et sans un peso en poche. Il avait dépensé en romans la moitié de sa quinzaine. Il les portait en deux paquets attachés avec des cordes et avait son fusil en bandoulière. C'était là une guerre bien étrange. Il se rappela la photo de Capa qui représente le parachutiste mort et, immédiatement après, la position de la femme dans l'église. Avait-elle mis ses appareils photo dans sa voiture ? Elle aussi était photographe.

Le Russe lui montra l'étui ouvert, et, à l'intérieur, les deux appareils, un Nikkon 6×6 et un Minolta avec grand angle. La petite valise bleue était bien là, ainsi que les papiers de la voiture, avec les renseignements : Anne Goldin, 116 Riverview, San Jose, Californie, et les livres dont avait parlé Esther, outre un costume de bain, un deux-pièces, humide.

— Quelqu'un sait-il prendre les empreintes digitales ?

— Peut-être, chef. Je peux poser la question à Lorenzo, un copain de l'O.P., qui est chimiste à l'université de Mexico.

— Les judas savent-ils que nous avons l'automobile, ici ?

— On ne les a pas vus rôder dans le coin.

— Nous disposons de scellés ?

— Non. C'est quoi, des scellés ?

— Des papiers que l'on colle sur les portières avec un sceau et une signature et qui disent que l'auto constitue une preuve et qu'on ne peut pas les déchirer.

— Je vais en fabriquer, moi. C'est facile.

— Ça ne servira à rien. Seulement à enquiquiner les autres, dit José Daniel. Et il ajouta : Porte mes livres et la valise avec les appareils à mon bureau. Puis tu fabriques les scellés, tu reviens, tu les poses et tu vas te coucher.

— Tomas m'a dit qu'il y a eu un vol à la CONASUPO. Je peux y aller ?

J.D. le regarda avec étonnement. De tous ses agents Martin Morales, dit le Russe, était le plus taciturne, le plus silencieux. La véhémence, le ton impérieux de sa voix l'avaient surpris.

— Ma sœur est caissière dans cette entreprise.

J.D. acquiesça. Le Russe se mit à entasser le tout sur le porte-bagages de la moto, et utilisa les cordes d'agavé pour attacher la charge. J.D. sortit de la cour de la prison et essaya de s'orienter. L'église était à six pâtés de maisons sur la rue Lerdo, et cette dernière commençait au coin de rue le plus proche. D'un pas las, il se mit à marcher dans la bonne direction. Le soleil brillait sur les murs blancs, dont il faisait ressortir les inscriptions. Ces derniers temps, celle qui abondait le plus était une réplique du mot d'ordre que le chef de la police arborait sur sa casquette : « Santa Ana vaincra. » Qui pouvait bien conspirer contre la ville en assassinant une Nord-Américaine blonde, mère d'un petit garçon de six ans, et en l'abandonnant, nue, à l'intérieur d'une église ?

— Ils étaient deux, chef.

Doña Luisa avait dit cela non pas avant que le chef Fierro eût accepté la Corona extra qu'elle lui offrait pour lutter contre la chaleur, mais après.

La femme, de son bras tendu au bout duquel pointait l'index, lui montra l'entrée de l'église. J.D. approuva.

— Je ne les ai vus que de loin, parce que je ne mets pas les pieds là-dedans, moi. Moi je suis protestante, chef, et membre de l'O.P. Mais j'ai vu de loin que ce sont deux hommes qui sont montés dans la voiture. L'un portait un chapeau texan, et l'autre était en civil. J'ai tourné et retourné ça dans ma tête toute la nuit, mais je ne peux pas vous en dire davantage. J'ai vu la voiture, et j'ai cru, mais à moitié seulement, que ce curé hérétique, trouillard et toujours en train de lécher le cul des riches, n'avait pas de voiture, et moins encore de voiture rouge — il ne faudrait pas qu'elle déteigne sur lui ! —, et j'ai vu les deux hommes sortir de l'église et démarrer. Après, je suis allée voir ma commère qui est malade, et je n'ai appris tout ce bazar que lorsque ma fille m'en a parlé, et j'ai passé la nuit à me demander comment étaient ces deux types, mais c'est à peine si je les ai vus. L'un portait un chapeau texan et l'autre un costume bleu marine.

— Qui conduisait, Doña Luisa ?

— Attendez, une seconde.

La femme fronça les sourcils comme si elle reconstituait la scène :

— L'homme au costume bleu est monté du côté du volant, parce que celui que je voyais le mieux c'était l'homme au chapeau texan.

— Et vous, vous pourriez les reconnaître ?

— Seulement s'ils sont habillés de la même façon. Et si on me les montre de loin... Non, je ne pourrais pas...

— Merci beaucoup.

— Baisez-les, chef. Que personne ne vienne à Santa Ana pour tuer qui que ce soit. Pas même une étrangère.

— C'est bien mon avis.

La femme prit la bouteille de bière vide et embrassa José Daniel sur la joue. Celui-ci en fut tout décontenancé. Elle était très petite et grassouillette, et elle avait dû se hisser sur la pointe des pieds pour lui donner un baiser.

— Et puis, je crois bien que ce curé est pédé, dit-elle en élargissant le registre des informations en manière d'adieux.

J.D., qui avait reçu une éducation jacobine, approuva.

Il entra dans le vieil édifice de pierres noires entouré de secrétaires bavardes qui revenaient après avoir déjeuné. Dans l'escalier, Benjamin Correa, le maire, l'attendait, tout tendu. J.D. s'arrêta au milieu des marches :

— Ils vont vouloir me faire endosser le crime, chef. J'étais avec elle, hier, dit Benjamin.

37. Notes pour l'histoire de la municipalité rouge de Santa Ana
José Daniel Fierro

Quand on essaie de coucher sur le papier quelques considérations sur les tensions à Santa Ana, qui expliquent la municipalité rouge, ses origines, la conjoncture particulière qui a permis l'union des forces qui l'ont impulsée, les faiblesses de l'ennemi qui ont fonctionné comme une toile de fond de la conjoncture, on se doit de faire appel à la combinaison de l'étude des processus lents et des situations rapides. Santa Ana, comme tout autre endroit du pays, se meut dans une combinaison de tensions qui viennent du passé, avec la succession rapide de petits événements qui soulèvent peu à peu les vagues d'une houle. C'est ce que Macario, le dirigeant syndical des mineurs, s'efforce d'expliquer quand il affirme que Santa Ana est un endroit où il ne se passe rien parce qu'il se passe beaucoup de choses, et où il se passe beaucoup de choses parce qu'il ne se passe rien. Toutefois, la ville que je découvre peu à peu ne ressemble pas à celle que l'on me raconte. J'ai l'impression qu'il s'est produit comme un arrêt, une pause, une étape d'accumulation de petits événements, et que, au bout de tout cela, quelque chose va se déchaîner. Et Benjamin, qui se caractérise avant tout par une sensibilité irrationnelle au fait social, me répète chaque fois qu'il le peut : « Quelque chose est en train de s'agiter. Nous ne sentons encore rien, mais ça va être grave. Ils sont trop calmes. » Ce n'est pas le résultat de forces conscientes, à moins que ce ne soit son avis, les ennemis de la municipalité sont à l'affût, ou embarqués dans des réorganisations, dans de mythiques opérations qui ne donnent pas de résultats, dans des fragments de la grande campagne d'usure, qui est le seul phénomène continu que l'on perçoive ici, ou bien ils sont en train de préparer un grand coup, et nous l'ignorons.

Mais il y a d'autres choses, des choses qui flottent dans l'air, qui sont des réponses à des appels lancés il y a deux ans, à des rêves enterrés dans la ville, à du feu qui couve sous la cendre. Dans le temps long, Santa Ana est un trou dans un pays d'injustices, il y a des dettes vieilles de deux ou trois siècles, des offenses personnelles qui sont historiques et dont l'origine remonte à un après-midi d'avril de la moitié du XIXe siècle, quand le patron de la mine obligea les ouvriers du puits n° 2 à manger un chien qu'ils avaient tué par accident.

Dans le temps court, les barbus de Benjamin ont fait le tour des ranchos en parlant des terres irriguées et en organisant difficilement des groupes de paysans dans les sept municipalités qui entourent Santa Ana. Dans le temps court, il y a un débat dans toutes les familles qui ont un enfant à l'école secondaire sur le droit des ouvriers aux usines dans lesquelles ils travaillent. Dans le temps court, il y a des tensions dans les deux petites aciéries qui sont le reste du butin syndical de la C.T.M. dans cette zone. Dans le temps court, il est question d'un Syndicat des servantes, et l'on dit que deux tueurs sont venus du D.F. pour se charger de Benjamin.

Dans le temps long, il y a un problème de délimitation des terres entre les colons du Vieux-Coteau et Don Sabas et, s'il n'est pas résolu, c'est uniquement à cause des mitrailleuses des gardes du vieux. Dans le temps court, on débat sur la façon de faire une coopérative du vieux cinéma, et, dans le temps long, le débat porte sur l'opportunité de préserver le langage des deux centaines de paysans chichimèques de la Vallée. Dans le temps court, Don Éligio, le curé de Santa Isabel, lit des textes des Théologiens de la libération, et, dans le temps long, les veuves filles de veuves de mineurs rêvent de sang.

Je sais qu'il faut coucher les réflexions sur le papier pour éviter des surprises. Benjamin, qui me voit prendre des notes, ne croit pas au papier privé, et voici une semaine que, avec Fritz, il rédige un journal mural hebdomadaire.

38. Rien à voir

Les couloirs du premier étage de la mairie sont occupés par les femmes de la coopérative qui tissent des chapeaux de palme. Décor populiste ou manque d'espace, Benjamin se sent à l'aise au milieu des femmes qui fabriquent les chapeaux et qui inondent tout, souvent jusqu'à l'antichambre de son bureau, qui plaisantent et chantent tout en travaillant. Les représentants du pouvoir de l'État ou de la fédération, en revanche, se sentent en territoire ennemi, et sous la surveillance des femmes, témoins qui s'opposent à la règle n° 1 du pouvoir politique mexicain : le coup bas, la dissimulation de ce que l'on va dire. Les témoins de Benjamin, représentants symboliques de Santa Ana, font de la mairie une espèce d'usine dans la joie. Les femmes, qui presque toutes ont dépassé les cinquante ans (c'est pour cela que la coopérative a été créée, pour donner un emploi à celles qui ne seraient pas admises dans l'industrie), adoptent, devant Benjamin, une attitude curieuse : elles le tiennent pour un mélange de fils et de protecteur, lui mijotent de bons plats et lui pincent les fesses quand il passe, vont lui chercher une bière ou le regardent d'un sale œil quand quelque secrétaire passe plus d'une demi-heure en tête à tête avec leur maire dans le bureau.

José Daniel et Benjamin, ce matin-là, passèrent au milieu de ces femmes, éclaboussés par la palme qui venait d'être mouillée, et par les plaisanteries. Le bureau, curieusement, était vide.

Benjamin déclara :

— J'ai passé une partie de l'après-midi avec elle. José Daniel, les femmes, elles vont me perdre. Avec elles, je ne me reconnais plus, je ne sais pas leur résister. La petite gringa, j'ai fait sa connaissance l'an dernier, quand elle prenait des photos. Et hier je l'ai rencontrée dans la rue, elle a arrêté sa voiture et elle m'a emmené aux Cascades, et là nous avons fait ça dans l'herbe. Mais c'est tout, chef.

— Que sais-tu de l'enfant ?

— De quel enfant ?

— Elle avait des photos d'enfant. Un enfant à elle, je crois, là-bas, en Californie.

— Première nouvelle. A dire vrai, je ne sais rien d'elle, sauf qu'elle s'appelait Anne et qu'elle était photographe.

— Sais-tu si elle connaissait quelqu'un d'autre dans la ville ?

— Je ne le pense pas. Il faudrait voir du côté des Ricains, des anciens du Viêt-nam, peut-être, mais, à vrai dire, je ne l'ai jamais vue avec eux. Je ne l'ai pas vue très souvent, d'ailleurs. Deux ou trois fois l'an dernier, quand elle a fait des photos pendant l'occupation des terres, une fois quand elle m'a photographié ici à la mairie, et une autre fois, enfin, quand je l'ai rencontrée à la librairie et que nous avons dîné ensemble, mais c'est tout. Elle était sympathique.

— Où allais-tu quand tu l'as rencontrée, hier ? Quelle heure était-il ?

— Il devait être 5 heures. Je l'ai rencontrée dans la rue de la Révolution. Ou, plutôt, c'est elle qui a arrêté sa voiture, et qui m'a rencontré. Je rentrais d'une réunion avec les organisateurs de la colonie Liberté, j'étais en train de manger une glace, et alors la voiture s'est arrêtée derrière moi. Une voiture rouge de Californie.

— Et à quelle heure l'as-tu quittée ?

— Vous ne voulez pas une bière ?

— Non.

— Je l'ai quittée... non, c'est elle qui m'a quitté, ici, à la mairie, au retour, parce que la rue est à sens unique, vers 9 heures, je me rendais à une réunion du conseil municipal.

— Où étais-tu à 10 heures ?

— La réunion a commencé vers 9 heures un quart, comme en témoigne le procès-verbal.

— On l'a tuée à 10 heures.

— Merde alors.

— Donc, tu as un alibi.

— Pour ce qu'il va servir... Qui l'a tuée ?

José Daniel haussa les épaules. Puis il tendit la main et prit la bière qu'on lui offrait.

— Nous avons retrouvé la voiture devant la maison du gros bonnet du P.R.I. L'Aveugle n'a pas osé entrer pour le surprendre sans que nous te consultions d'abord.

— Selon vous, les assassins ont conduit la voiture jusqu'à cette maison, ou bien ils l'y ont abandonnée ?

— Je l'ignore. Tout a été très rapide, et peut-être l'avaient-ils amenée là pour la faire disparaître.

— Elle m'a pris des photos aux Cascades. Il y a peut-être autre chose dans ce rouleau. Tu as retrouvé l'appareil ?

José Daniel dit que oui.

— Nous avons une chambre noire, ici, dans les bureaux de l'O.P. Sarita sait développer les photos. Elles étaient en couleur, ou en noir et blanc ?

— Je le saurai dans un moment.

— Chef, attaquez Melchor Barrio. S'il n'y a pas de preuves, allez-y quand même. Vous avez les mains libres.

— Et la police de l'État ?

— Ceux-là, il faut les arrêter net, pour qu'ils se fâchent et ne fassent pas chier les paysans. C'est clair, vous allez les avoir tout le temps sur le dos.

— Tu n'as rien à voir avec la mort de la gringa ?
— Rien, dit Benjamin en soutenant son regard.

39. Photos et morsures

Radio Santa Ana avait diffusé alternativement des chansons martiales de Joan Baez et des airs encore plus martiaux des Quilapayun. José Daniel eut le pressentiment que des problèmes allaient se poser, pendant qu'il s'amusait à ôter, du doigt, la poussière de sa table de travail. En face de lui, Barrientos-l'Aveugle, parfaitement maître de ses mouvements, mangeait des *tacos* de rillons à la sauce verte, sans permettre qu'une seule goutte coule sur son pantalon.

— Cela, il n'a qu'à vous le dire, lui. Moi, je n'ai rien à dire.

— Ça, c'est manger à tous les râteliers, l'Aveugle. On ne peut pas être fidèle à tout le monde. Tu aurais dû me dire que Benjamin connaissait la gringa.

— Qui la connaissait ? Benjamin ? Il n'a qu'à le dire, lui.

— C'est fait, il l'a dit.

— Eh bien, c'est parfait. Toi, tu viens d'arriver ! Benjamin et moi, nous sommes ici depuis toujours... Mais de quoi parles-tu, merde ?

— Je dis que l'on ne peut pas jouer si l'on ne connaît pas les règles du jeu.

— Il vous l'a dit, n'est-ce pas ?

J. D. acquiesça et dessina des cœurs, de schématiques bateaux de papier.

— Quand quelqu'un est tué, envers qui avons-nous un engagement, mon cher Aveugle ?

L'Aveugle se concentra sur les rillons.

— Envers les morts, tu ne crois pas ? dit José Daniel.

— Tout dépend de qui est mort. Si c'est le chef de la police de l'État, ou le tueur que l'on envoie de la capitale, il peut bien se faire veiller par sa putain de mère, que sa foutue mère recherche son assassin !

— C'était une petite gringa de vingt-cinq ans, avec un fils de six ans, qui prenait des photographies.

— Ce n'est pas Benjamin qui l'a tuée. Benjamin est incapable de tuer une femme. Tu veux des coupables ? Eh bien, cherchons-les. Mais ne me les casse pas, chef.

— Allons-y, paix et fraternité, dit José Daniel Fierro.

— Et ces photos ? demanda-t-il.

— Elles doivent être prêtes. Je descends les chercher.

L'Aveugle sortit, en essayant d'équilibrer ses *tacos* de rillons. J.D. se leva et examina pour la troisième fois le contenu de la valise. Il négligea les vêtements, ouvrit le passeport et le feuilleta une fois encore. Il préférait cette photo d'Anne aux photos Polaroïd du cadavre. La jeune femme avait franchi la frontière le 19, son passeport disait qu'elle était mariée, mais ne portait pas le nom de son époux. J.D. nota sur un bout de papier l'adresse à San Jose, pour envoyer une lettre. Fallait-il informer le consulat de l'assassinat ? Il laissa les livres de côté. Il n'y avait ni lettres ni papiers. Rien qui vaille la peine qu'on s'y arrête. Il alluma une cigarette et se dirigea vers la porte. Seules les photos pourraient dire quelque chose.

Tignasse apparut dans l'encadrement de la porte, les cheveux sur les yeux et les joues toutes rouges, presque cramoisies :

— Je passe au rapport, dit-il.

— Qu'est-il arrivé, Marcelo ?

— Le Russe est en train de se soigner. Il va venir tout de suite. Et les deux assaillants, nous les avons laissés en prison, où ils se soignent eux aussi. Tous les trois sont donc dans la prison, où ils se soignent.

— Qu'est-il arrivé ?

— Nous y sommes allés scientifiquement, chef. C'était un petit vol, un foutu petit vol. Deux gamins armés de couteaux qui avaient vidé une des caisses, même pas les deux. Je m'occupais de tout ça et j'étais en train de calmer la caissière qui avait très peur parce qu'ils lui avaient fait une entaille au cou pour l'effrayer, quand ce foutu Russe s'est amené à toute vitesse et a demandé qui avait fait le coup. Et elle, qui ne m'avait rien dit, à moi, le lui a dit tout de suite. Nous avons couru jusqu'aux billards de la 5e Rue, et nous y avons trouvé les deux petits cons en train de jouer. Le Russe leur a même donné le temps de sortir leurs couteaux, et ensuite il leur a volé dans les plumes à tous les deux. Moi il m'a laissé là, à constater les dégâts. Il en a mordu un au bras et lui a arraché un bout de chair. Ce mec ne s'en remettra pas, chef. Mais ils l'ont un peu piqué. Par ici et par là. En surface, pas en profondeur, dit Tignasse en montrant ses cuisses et ses mains. Il ajouta : Le fric, ils l'avaient sur eux.

— Le Russe, comment va-t-il ?

— Bien, chef. Il ne va pas tarder à venir. Il m'a dit de vous dire de ne pas vous en faire. Il sera là dès qu'on l'aura pansé.

— Et qu'y a-t-il de scientifique, dans cette affaire ?

— La raclée que le Russe a administrée aux deux gamins en même temps. Il fallait voir ça.

— Tignasse, s'il te fallait choisir entre ta coiffure et ton boulot, que choisirais-tu ?

— C'est une supposition ? Ou bien il faut que je me fasse couper les tifs ?

— C'est une supposition.

— Alors ce choix, je le laisse à un autre. Ça ne me gêne vraiment pas, même quand je roule en moto, parce que j'attache mes cheveux avec un foulard, voyez-vous.

Tignasse montra son déguisement d'Apache tandis que Barrientos faisait son entrée avec les photos et les étalait sur la table.

— Un rouleau n'avait pas été utilisé, le rouleau en couleur. L'autre n'avait que six photos, quatre de Benjamin, une de ce porc du P.R.I., et une autre du tordu qui vit en face.

— Dans la rue où nous avons retrouvé la voiture ?

— Là même. Un petit riche qui se déplace toujours sur une chaise roulante.

L'Aveugle montra les photos du doigt. C'était du travail de professionnelle, exécuté avec un grand angle, de très près, et qui saisissait de bonnes expressions. Melchor Barrio, le gros bonnet du P.R.I., observait avec complaisance sous un chapeau aux larges bords, le visage anguleux et froid, prématurément vieilli. L'invalide, un homme d'environ trente-cinq ans, aux cheveux très noirs et aux yeux protégés par des lunettes à verres fumés, souriait dans une chaise roulante qu'un employé aux très larges épaules et au visage luisant, portant une petite veste blanche, poussait vers la porte de sa maison.

— Dans quel ordre ont-elles été prises ?

— Il y a eu d'abord celle de l'homme du P.R.I. et celle de l'homme à la chaise roulante. Et après, celles de Benjamin. Voyez les ombres, dans celles-ci, il est midi, fit remarquer Barrientos.

— Nous allons visiter le méchant du film, dit José Daniel.

L'Aveugle hésita un instant, puis ouvrit un tiroir du classeur et en retira un pistolet calibre 45, jumeau de celui qu'il portait à la ceinture, et une boîte de balles.

— On n'attend pas le Russe ? demanda Tignasse. Il ajouta : Dans cette maison, il y a une douzaine de tueurs.

— Nous allons simplement en visite. Et, les visiteurs, on n'y touche pas, répliqua J.D. en souriant.

40. Chère Ana/21 avril

Chère Ana,

Fritz Glockner a taillé dans le bois des sortes de scapulaires laïques, que l'on suspend au cou avec une lanière de cuir, et sur lesquels il a écrit la phrase célèbre du chanteur Pablo Milanés : « Personne ne va mourir, surtout pas maintenant », et il les a offerts aux forces de police de Santa Ana. Si je te dis cela c'est que, au cas où leur efficacité serait douteuse, tu te charges de faire en sorte qu'on ne les recommande pas.

Je t'aime,

J.D.

41. Tel est pris qui croyait prendre

Mais Tignasse décrocha le combiné, et, après avoir écouté pendant cinq secondes, les arrêta d'un geste de la main :

— Benjamin dit que vous ne devez aller nulle part.

— Et comment sait-il que nous allons quelque part ? Passe-le-moi, intervint José Daniel.

J.D. prit le téléphone. Il commençait à avoir mal à la tête. « Monsieur le Chef de la police, faites un tour par ici », dit la voix de Benjamin, un peu plus opaque que d'habitude.

— L'Aveugle, je te confie le bureau, surtout ne bougez pas, dit-il en raccrochant. Il rangea le fusil derrière la porte et pressa ses tempes de ses doigts : Tu as de l'aspirine ?

— Non, mais je vais t'en trouver... Lulu, de l'aspirine pour le chef Fierro !

Benjamin était assis très officiellement à son bureau de maire. José Daniel ne l'avait jamais vu dans cette attitude. Toujours, il évoluait comme en dansant au milieu des personnes et des meubles, toujours il refusait les formalités du « vous vous asseyez ici, moi du côté du pouvoir ». Toujours, il manquait un bouton à une manche de sa chemise, toujours, il avait une tache de *mole*[1] sur le col de sa veste, toujours, il tenait une bouteille de bière à la main alors qu'il n'aurait pas dû. Toujours, il regardait dans son bureau là où il ne

1. *MOLE* : dindon préparé avec une sauce à base de sésame, d'amandes, de cacahuètes, de cannelle, d'herbes aromatiques...

fallait pas, vers la fenêtre, vers la ville, et, par contre, il contemplait d'autres choses.

— Ils vous attendent. Dedans, les tueurs de Barrio. Dehors, les policiers de Duran Rocha. Ils ont bien l'intention de vous transformer en écumoires, et ensuite de faire un beau scandale pour demander l'intervention de l'armée.

— Et comment ont-ils appris que nous allions là-bas ?

— Ils ont des oreilles par ici.

— Et comment as-tu appris, toi, qu'ils nous attendaient ?

— Ils ne sont pas les seuls à avoir des oreilles. Moi, j'ai une oreille énorme faite de 170 000 petites oreilles. Ceux qui n'en ont pas l'air en possèdent beaucoup. Que proclame votre casquette de joueur de base-ball-lanceur-de-la-ville ? « Santa Ana vaincra. » Vous croyez, vous, que nous pourrions mettre cela sur toutes les casquettes jaunes que nous trouvons si nous ne disposions pas au moins d'une occasion ?

— Voici vos aspirines, chef, dit la secrétaire. J.D., d'un geste rapide, les porta à sa bouche sans les casser, et les avala sans eau.

— Il va falloir que vous m'appreniez à faire ça.

— Il faut un gosier bien entraîné. Vous croyez peut-être que l'on peut écrire onze romans sans apprendre quelques petits trucs de la vie ?

— Le pire c'est que Barrio s'imagine que c'est nous qui lui tendons un piège. Que nous voulons lui mettre sur les bras l'histoire de la gringa. C'est pourquoi il est fou de rage.

— Donc, tu penses qu'il n'y est pour rien.

— Va donc savoir. Ça peut être lui, ou les quinze tueurs qui vivent chez lui, ou son secrétaire qui est un salaud et qui, quand il était à la mairie, et se prenait pour le maître de la ville, violait les petites filles de dix ans. Va donc savoir. Ou peut-être veut-il que nous croyions qu'il est très fâché, et, au bout du compte, l'assassin c'est lui.

— Que suggères-tu ?

— Que tu attendes et que, ensuite, tu y ailles seul, ou avec tous les journalistes du D.F. que nous pourrons réunir.

— Je vais y réfléchir.

— Préviens-moi. La fièvre monte dans cette ville.

— As-tu autre chose à me dire ?

— La rumeur publique dit qu'ils sont en train de mijoter un grand coup contre nous. Voilà pourquoi ils se tiennent si tranquilles.

— Et alors ?

— Nous, nous ne pouvons pas nous arrêter, parce que si nous nous arrêtons, nous mourrons de mort naturelle. Écoute, rends-moi un service : nous avons besoin d'amuser la police de l'État. Demain il va y avoir une occupation de terres en grand, du côté de la Vallée. 2 000 paysans avec leurs familles et tout. Il y a des mois qu'on prépare ça. Tu n'as pas entendu ce que disent les gens ? C'étaient des terres communales, et il y a onze ans les gros bonnets s'en sont emparés en utilisant les grands moyens. Et maintenant il court un foutu petit bruit : demain nous revenons, demain nous revenons.

— Donc, il va falloir que j'amuse les policiers de l'État, et trouver le moyen d'arriver jusqu'à Barrio.

— Tout juste.

— Toi qui connais cette ville, Benjamin, qui a tué la gringa ?

— Je n'en sais rien, José Daniel, je n'en ai pas la moindre idée.

Dans le couloir, il tomba sur Martin Morales, dit le Russe, qui avait les mains bandées. J.D., paternel, passa un bras sur ses épaules, et ils entrèrent ensemble dans le bureau, en silence. Dans la tête de J.D., 10 000 paysans arrachaient des poteaux et du fil de fer barbelé.

— Alors, chef ? demanda l'Aveugle.

— Ils nous attendent.

— On y va ?

— Quand ils ne nous attendrons pas... Le Russe, va à la radio et dis-leur d'annoncer que la voiture de la gringa morte a été retrouvée dans la rue où vit le singe en question, et que l'enquête continue.

Le Russe alla faire ce qu'on lui demandait. J.D. se laissa tomber dans son fauteuil, qui craqua sous son poids. Tignasse et Barrientos le regardaient. Ils attendaient.

— Tignasse, va dans la rue pour une patrouille normale. Le peuple doit voir que nous sommes toujours dans la rue.

Tignasse sortit sans mot dire.

— Voyons, l'Aveugle, qui vit dans les trois maisons qui se trouvent près de l'endroit où vous avez retrouvé la voiture ? Qui est l'infirme ? Comment sont les maisons, à l'intérieur ? Vous qui savez tout et qui, quand vous ne savez pas, inventez, bourrez-moi d'informations.

— Dans la première, il y a Barrio. C'est une bâtisse, avec un jardin de 30 mètres de longueur. Je n'y suis jamais entré. Il doit avoir une douzaine de tueurs armés de fusils. Il vit seul. Personne ne le supporte. Il a une fille, mais elle l'a quitté il y a quelques années. Elle est infirmière, et vit dans le D.F... Dans la deuxième maison vit l'homme à la chaise roulante. C'est un millionnaire, du nom de Lopez, qui a eu un accident il y a cinq ans environ et s'est retiré à Santa Ana, pour s'y enfermer. On dit que sa famille était d'ici. Avant, il n'avait jamais vécu dans notre ville, il faisait partie de ces types qui voyagent en jet et en Rolls Royce, et qui possèdent une maison aux États-Unis... Il ne sort jamais. Parfois, des médecins du D.F. viennent le voir. Il dispose du gorille de la photo et d'une servante, et voilà. Le gorille pousse sa chaise et fait office de cuisinier. Je ne l'ai pas vu avec des armes, ou quoi que ce soit... Dans la troisième maison, de ce côté-ci, en face de l'endroit où nous avons retrouvé la voiture, vit la veuve de Ling, le Chinois qui était le propriétaire de tous les grands magasins de Santa Ana. Avec tout l'argent qu'elle a, la veuve pourrait tapisser les murs de sa maison. Elle vit avec sa fille qui est terriblement appétissante et qui veut être chanteuse de rock. On peut voir parfois la petite Chinoise avec les Ricains de la colonie Estrella. Elle n'est vraiment pas foutue de sortir le moindre son de sa gorge, mais elle est foutrement belle, et ça lui suffit pour avoir du succès, vous comprenez ?

— Il leur en faut moins que ça, à Televisa [1], pour faire une série de six films de type paysan.

— Avec une Chinoise ?

— Avec une demi-Chinoise, Barrientos. On voit bien que vous n'êtes guère sorti d'ici.

— Pas autant que je le voudrais, chef... Vous croyez vraiment que nous allons trouver la solution dans la rue ? Seulement à cause de la voiture ?

— C'est que l'on peut considérer toute chose sous deux angles différents : ou bien ils avaient garé la voiture là-bas parce qu'ils ne s'attendaient pas à ce que nous la retrouvions si vite... Mais alors ils auraient retiré la valise et les appareils photo... Ou bien quelqu'un l'a laissée là pour nous dire quelque chose, à nous, ou leur dire quelque chose, à eux. C'est comme ces messages qui vont et viennent. Même s'ils ne veulent rien dire, quand on sait à qui ils sont adressés, on sait déjà quelque chose.

— Et pourquoi ne cherchons-nous pas de l'autre côté ? Du côté du type au chapeau texan et de son compère au costume bleu marine ? Ils ont utilisé la voiture, hier, entre 9 et 10 heures du soir.

---

1. *Televisa* : télévision privée. Assure 80 % des émissions.

— Et toi, comment sais-tu cela ? demanda José Daniel, très surpris.

— Moi aussi j'ai parlé avec la dame, chef. Elle vous a offert une bière ?

— Oui.

— A moi elle en a offert deux. C'est que je suis de la ville, moi.

J.D. sourit à son assistant :

— Oui, bien sûr. Je crois...

Le chef de la police de Santa Ana s'interrompit. On entendait des cris dans la rue. Un bruit de vagues. Il se mit à la fenêtre. Une multitude de mineurs se rassemblaient en criant devant l'édifice, grimpaient aux grilles de l'église, brandissaient leurs poings.

— Le puits n° 3 est en grève, à cause des uniformes... Ça va chauffer, dit Barrientos sans regarder dehors.

J.D. s'était déjà accoutumé à ce que tout le monde soit au courant de tout. Sauf une personne : Lui.

— Et maintenant, que faisons-nous ?

— Il faut mettre une garde à l'entrée de la mine, pour éviter que les jaunes y pénètrent, et qu'il y ait des heurts.

Dans la rue, il y avait environ 800 mineurs qui commençaient à ne plus crier qu'un seul mot d'ordre : « Santa Ana vaincra ! » Dans le vacarme, le *a* final s'allongeait.

Tignasse, plus rouge que jamais, entra dans le bureau :

— Chef, un autre !

— Quoi, un autre ?

— Un autre mort.

Et il se laissa tomber sur la chaise pliante.

— Et c'est qui, maintenant ?

— L'Obscur.

— Le tueur du P.R.I. ?

— Lui-même, dit Barrientos.

— Où ?

— Dans le cirque. Il avait six balles dans le corps.

— Putain de merde ! On va le voir ? On va fêter ça, une bonne fois ? interrogea le sous-chef de la police de Santa Ana, avec un sourire qui découvrait toutes ses dents.

42. Notes pour l'histoire de la municipalité rouge de Santa Ana
José Daniel Fierro

Manuel Reyna, dit l'Obscur, a un dossier de quinze pages dans les archives inexistantes de la police municipale de Santa Ana. Le rôle du dossier consiste à préserver la mémoire du peuple pour le jour de la justice. La justice est passée, et nul ne sait comment. Cela fait tout de même une drôle d'impression. Les renseignements, maintenant, concernent un cadavre étendu au milieu de la piste d'un cirque.

J'ai lu par deux fois l'histoire qui a été celle d'un vendeur de machines agricoles, un albinos qui prit goût à l'héroïne dans les champs pétrolifères de Campeche, battit une femme à mort, se fit tatouer un serpent à plumes sur le bras gauche, pour ensuite faire son apparition à Santa Ana, où il exécuta le sale travail du gouvernement de l'État.

Tête de toutes les provocations, fer de lance de tous les affrontements, il avait, il avait eu, un statut singulier : il ne travaillait pas pour Barrio, ni pour Don Sabas, ni pour aucun des hommes forts de la localité. Il ne collaborait pas avec la police de l'État, ni avec les envoyés de la ville de Mexico. Il travaillait uniquement pour le gouvernement de l'État. Il ne vivait pas en ville. Ce n'était pas le dur lié par le sang et les dettes aux besoins des gros bonnets de la politique locale. C'était un tueur à gages, un solitaire, qui faisait parfois son apparition à Santa Ana comme un oiseau de mauvais augure, toujours bien protégé, toujours de près et de loin, toujours en solitaire et sans quitter des yeux sa proie.

Dans le dossier, il y avait deux photos du jour où il avait tiré sur la manifestation, du haut de la cathédrale, à la mitrailleuse. Des photos floues, un chapeau texan (!). Puis des nouvelles éparses sur son éloignement, tandis que la mémoire de l'assassinat collectif refroidissait dans les pages des journaux du D.F.

Une apparition, trois mois auparavant, à la tête d'une bande de tueurs de Don Sabas qui avaient tiré sur les paysans du rancho La Piété. Un rapport dactylographié l'accusant d'avoir tué de ses propres mains, après l'avoir torturé, Lisandro, l'étudiant, qui avait été le premier chef de la police de Santa Ana.

Une photo Instamatic dans laquelle on le voyait en train de sortir avec deux valises d'un hôtel de Gonzalez Ortega.

A quoi il fallait ajouter à présent les photos du cadavre.

43. En regardant les trapèzes

Le cirque avait dressé son chapiteau sur les terrains en friche par où passait l'accès à la nationale. On pouvait voir deux grandes tentes et une douzaine de camions avec des ours crasseux et des zèbres harcelés par les mouches.

Sur le sable de la piste centrale, entouré de nains et de trapézistes, et comme s'il constituait un spectacle pour après le dessert, Manuel Reyna, l'Obscur, était couché. Méconnaissable, il donnait l'impression de vouloir bouger, en dépit de son immobilité. Le revolver calibre 45 l'avait durement secoué, comme en témoignaient les points d'impact et de sortie des balles.

— Six coups, chef, et, comme qui dirait, tous mortels.

— Et lui, il a pu tirer ?

— Non, chef, ils l'ont eu par surprise. Il a dû sortir son pistolet en entendant le premier coup de feu, mais ils ne lui ont même pas donné une chance, dit Barrientos qui mordillait un brin de paille pour s'empêcher de sourire.

— Vous êtes content, Barrientos ?

— Ce n'est pas moi qui l'ai tué, et je le regrette, croyez-moi.

— Allons ! Ne vous agitez pas trop autour de nous... Ça, c'est quoi ? Les bottes de Tignasse, et ça, ce sont les miennes, tenez, voyez le défaut au talon droit. Et celles-là ? Faites-en un dessin. Pas de doute, elles sont semblables aux taches de sang de l'église. Nous avons besoin de photos. Tignasse, allez me chercher à toute vitesse le Polaroïd du professeur.

La meilleure attitude à adopter, devant un cadavre, c'est de ne pas le respecter. Ainsi peut-on le traiter comme une chose, sans que le cœur s'accélère et que le ventre vous lâche. J.D. lui prit le pouls. Il était tiède. Un bien macabre cadavre d'albinos. Irréel.

— A quelle heure l'a-t-on trouvé ?

— Monsieur, venez ici, dit Tignasse.

Et il prit par la main un nain qui se laissa entraîner docilement jusqu'à l'écrivain.

— Comment l'avez-vous vu ?

Le nain prit une tête de circonstance et raconta l'histoire :

— Nous avons attendu que les coups de feu cessent, puis nous avons tiré à la courte paille, et c'est moi qui ai été désigné par le sort. Je suis donc venu voir ce qui se passait. Il était là, couché sur la piste. A 3 heures et demie de l'après-midi. Il y a seulement un petit moment.

— Vous l'avez vu arriver ?

— C'était l'heure du déjeuner.

J.D. leva les yeux vers les trapèzes immobiles, le ciel qui se glissait par les trous du chapiteau, puis il les porta sur l'albinos mort. Vu de loin, on avait l'impression qu'il souriait. Comme s'il disait : « Voyez jusqu'où je suis arrivé. »

— Barrientos, interrogez tout le monde. Vérifiez si on a vu des automobiles aux entrées. Voyez les petites tentes. Nous sommes sur un terrain découvert. Ils ont bien dû venir d'un côté ou d'un autre, les deux, le mort et l'assassin, ou les assassins. Celui-ci, il vient de Gonzalez Ortega, selon les renseignements que nous possédons. Il est bien arrivé ici d'une façon ou d'une autre. Cherche les douilles, là, il y en a une, il doit y en avoir six. Enlevez les bottes du mort. Enlevez-lui son pistolet, mettez-le dans un petit sac et portez-le au bureau. C'est là que l'on pourra me trouver.

44. Où ça sent le « Sept Mâles »

Une des rares contributions mexicaines au monde des odeurs et des parfums, c'est l'eau de toilette « Sept Mâles ». Utilisée dans des milliers de salons de coiffure de troisième catégorie, et même de catégorie inférieure, elle a une indéfinissable odeur de violettes fanées et d'alcool de canne. Ce fut cette eau de toilette-là que José Daniel Fierro utilisa après s'être rasé, et, avec deux cadavres à la morgue et deux heures et demie de sommeil seulement, il alla se promener dans Santa Ana, sans armes et, cette fois, sans casquette. Les armes, c'était un problème de commodité. Quant à la casquette, il avait la vague impression que son usage abusif pendant des jours de soleil allait le rendre chauve.

Il quitta la porte de l'hôtel Florida et se dirigea vers la droite, après avoir perdu à un pile ou face mental. Le soleil cognait encore dur à 5 heures de l'après-midi, il brûlait l'asphalte et asséchait les rares flaques qu'avait laissées la glace fondue des vendeurs de fruits. Il avança dans la rue de la Révolution, observant avec curiosité les vitrines des Chinois et des magasins de chaussures des industriels de Guanajuato qui avaient entrepris, avec leurs bottes neuves, de coloniser le nord du pays, au début des années quatre-vingt. De temps en temps, il passait devant la traditionnelle quincaillerie d'un Espingouin, qui pouvait s'appeler « La Maison de Tolède », ou « Les fers d'Oviedo ». Il vit aussi deux boulangeries, un atelier de réparation de machines agricoles, un dépôt de grains, une boutique d'uniformes. Quand il arriva au cinéma Rio, où l'on passait

Knock-Out, il s'arrêta pour attendre le policier de l'État qui le filait.

— Vous avez un moment, l'écrivain ? demanda Duran Rocha.

— Si notre conversation doit avoir lieu devant témoins, je n'y vois pas d'inconvénient, dit J.D.

Il souriait, mais il avait, en même temps, la trouille au cul. Le chef de la police de l'État basée à Santa Ana avait le pouvoir de réveiller ses plus profondes terreurs infantiles : avec un tic qui tirait sur le côté sa lèvre supérieure, grêlé, perdu à jamais pour toute forme de rencontre humaine, calculant toujours, même s'il n'y avait rien à calculer, avec ses yeux froids qui brûlaient en enfer depuis trente ans, Duran Rocha lui inspirait une terreur panique. Mais J.D. avait appris à transformer ses effrois en lignes écrites à la machine, et il surmonta sa première impression.

— Ici même, dans le jardin.

Ils marchèrent en cherchant l'ombre des lauriers, et un banc. Ils s'assirent à une certaine distance l'un de l'autre, et laissèrent le milieu du banc comme un espace libre, inhabité, un *no man's land* entre les deux.

Duran Rocha commença sa manœuvre de rapprochement :

— Vous, vous n'avez rien à voir avec toute cette histoire. Un de ces jours, ce petit jeu va finir et vous, vous partirez sans avoir vraiment été ici. Tout ceci vous est égal. Santa Ana, ce n'est pas votre affaire. Votre affaire, ce sont les petites lettres pour la défense des droits de l'homme et les manifestations de soutien au Nicaragua dans le D.F., les cocktails à l'ambassade de Yougoslavie...

— Je n'y ai jamais mis les pieds, puisque vous en parlez.

— ... et toutes ces conneries.

Ils se turent un instant.

— La gringa et l'Obscur, je m'en balance. Il y a déjà tant de foutus morts dans cette ville, que deux de plus ça ne m'ôte pas le sommeil à l'heure de la sieste. Qui a fait ça ? Je m'en balance. Si ça se trouve c'est moi, et je ne m'en suis même pas rendu compte. A moins que ce ne soit l'un de vous, pour faire monter la température. Je m'en fous. Ce que je ne veux pas, par contre, c'est que vous lanciez sur moi la meute des journalistes. Si vous recommencez, je vous tue. Vous, et tous ces foutus connards de boiteux de la police municipale. Je vous transforme en bouillie, merde.

— Savez-vous quelle est la grande différence entre nous deux, Duran ? Vous, on va vous tuer salement. Des femmes anonymes vont traîner votre cadavre dans les rues, en lui crachant dessus. Vous n'allez même pas avoir un enterrement. Tandis que si l'on me tue, moi, la ville va se remplir de journalistes, comme jamais elle ne l'aura été, et je vais avoir un enterrement qui va vous empêcher de dormir. Qu'en pensez-vous ?

— Quand on est mort, quelle importance ? Les charognards peuvent bien me chier dessus, et à vous on peut bien vous mettre des fleurs à la queue, je m'en balance.

José Daniel médita sur cette réponse. Les bancs voisins se remplissaient de curieux. C'était ça qui était chiant à Santa Ana. Il fallait que la peur se privatise. On agissait toujours pour la galerie, c'était pire qu'à Hollywood. Quand on mettait son visage sur l'écran, c'était pour tout le monde.

— Qui les a tués, Duran ?

— Je vous ai déjà dit que je m'en fous. Moi, quand je tue, c'est avec un télégramme à la main, et il n'y a pas eu de télégramme pour ces deux-là. Quittez cette foutue ville, ou alors, vous et moi, nous n'allons pas faire de vieux os.

José Daniel se leva et regarda le personnage qui suait dans un costume sombre. Il ne pouvait pas lui dire que, après cette conversation, il était devenu vieux, lui. Il fit demi-tour et planta là le chef de la police de l'État qui parlait tout seul sous les regards amusés des curieux. Il laissait un puissant sillage de Sept Mâles.

45. Vous écrivez un roman ?

— Nous avons sept reporters du D.F., deux de Monterrey, et il y en a même un de *El Sol de San Luis Potosí*.

— Adresse-les au chef de la police de l'État, puis chez Barrio, dis-leur qu'on a retrouvé la voiture devant sa maison. Et puis dis-leur qu'à 7 heures et demie nous les recevrons avec plaisir.

— Ils peuvent me prendre une photo à côté de la voiture rouge, chef ? demanda Lomax.

— Autant qu'ils en voudront, fiston, répondit José Daniel Fierro, paternel, et qui tombait de sommeil.

— Nos amis de la radio veulent que vous passiez les voir dans un moment. Et Benjamin vous attend dans son bureau quand vous serez libre, dit le Russe.

— Et tes mains ?

— Elles vont mieux.

— Dis-leur à tous les deux que j'y vais.

Il resta seul dans la pièce avec Barrientos-l'Aveugle. J.D. alluma sa dixième cigarette. Il commençait à trouver à son goût les delicados, ces cigarettes de prolétaires.

— Comment voyez-vous cette affaire ?

— Vous d'abord. Ce n'est pas pour rien que vous êtes le plus intelligent, répondit l'Aveugle.

— Il y a quelque chose qui ne colle pas, et ensuite des tas de choses qui, bien qu'elles ne collent pas, font partie du même puzzle. Ces types qui m'ont flingué dans la gargote. Que sais-tu de cette affaire ? Qui étaient-ils ? Qui pouvaient-ils être ?

— M'est avis que c'étaient des hommes de l'Obscur. Si vous voulez, je vais chercher de ce côté. Bon sang, il s'est passé tant de choses en si peu de jours. Il ne me reste plus qu'à me marier.

— Et tu sais avec qui ?

— J'ai deux femmes, dit Barrientos en souriant. Si je ne me marie pas, c'est parce qu'il n'y a pas moyen que je me décide... Même qu'elles se ressemblent. Même qu'elles ont le même prénom : Maria. L'une, c'est Maria tout court, et l'autre, Maria Elena... Mais je veux que ces bruits diminuent avant mon mariage. Il ne faudrait pas que je devienne veuf...

Barrientos s'était assis sur le classeur et fumait lui aussi, laissant tomber la cendre derrière le meuble. José Daniel aurait aimé disposer d'un magnétophone et faire avec toute cette histoire un roman, deux romans, trois romans.

— Ce qui m'intrigue, c'est que la voiture soit restée dans cette rue. Ça m'oriente vers Barrio, vers le millionnaire tordu et vers la veuve du Chinois. Ça m'emmerde. C'est trop facile.

— C'est peut-être pour cela qu'on l'a mise là.

— Sais-tu quelque chose que je ne sache pas ?

— Je tire bien.

— Mais encore ?

Barrientos-l'Aveugle fit non de la tête.

— Je reviens tout de suite. Je vais voir Benjamin, puis à la radio.

J.D. sortit du bureau, parcourut les couloirs et gravit des escaliers d'une allure de danseur. Il entra dans le bureau de Benjamin sans avoir rencontré personne. Autour d'une petite table ronde et devant quelques bières, il y avait le maire, Mercado, l'avocat, Macario, le dirigeant des mineurs, deux autres mineurs qu'il ne connaissait pas et un paysan qui paraissait très jeune.

— Je vous dérange ?

— Pas du tout, chef, nous parlions de vous et des deux morts que vous avez sur les bras, dit Mercado.

— Avez-vous du nouveau ? interrogea J.D. en rapprochant une chaise et en s'asseyant à une place qu'on lui fit autour de la table.

— Dans *El Heraldo* de la capitale, on dit que la gringa était la maîtresse de Benjamin, et que c'est lui qui l'a tuée, dit Mercado en riant.

— J'ai eu une conversation avec le secrétaire du gouverneur, et il m'a déclaré fort aimablement que si nous soulevions la plèbe contre Barrio et que si une émeute éclatait, il remplirait la ville de militaires. Mais il a dit cela comme si de toute façon il était bien décidé à le faire.

— Cette merde, c'est toujours politique. Et s'il s'agissait d'un fou ? dit Macario.

— C'est ça, et s'il s'agissait d'un fou ? répéta José Daniel, tenté par cette perspective. Il poursuivit : ... ou de deux fous, un pour chaque crime. Et si l'un d'eux appartenait à un camp et l'autre à l'autre camp ? Nous voulions tuer l'albinos, nous ?

— Ce n'aurait été que justice. Mais si ça avait été moi, ou l'Aveugle, ou Macario, nous nous le serions fait à Gonzalez Ortega, ou dans le D.F., quand ce type allait chercher de la morphine au sanatorium de la fille de Barrio.

— L'infirmière ?

— De quelle infirmière parlez-vous ? Elle est propriétaire d'un sanatorium à Las Lomas et se consacre au trafic de la drogue sur ordonnance médicale... De sacrés salauds, ces gens-là. N'avez-vous pas remarqué que le mort avait des cicatrices à la main ?

— Récentes ?

— Anciennes, à la main droite. Barrio a les mêmes. Ils s'asseyaient à une table, l'un en face de l'autre. Ils ne s'aimaient guère, mais ils savaient tirer parti l'un de l'autre. Ils mettaient une bouteille de tequila entre eux deux, chacun allumait une cigarette et ensuite, à tour de rôle, ils se brûlaient la main. D'abord, Barrio brûlait la main de l'Obscur, puis l'Obscur, celle de Barrio. Le perdant était celui des deux qui cessait de sourire. Deux foutus trous du cul.

— Chef, nous aurons beau vous raconter les choses, vous n'en saurez jamais que la moitié. Il y a plus de 100 femmes à Santa Ana qui ont les mêmes cicatrices à la main. Elles datent de l'époque où cet enfant de putain était le maire, ici. L'Obscur a tué le frère de Valentin et il lui a coupé les couilles, et après, il est allé les balancer devant la maison de sa famille, dit Mercado en désignant le jeune paysan.

Celui-ci se leva et, trébuchant, se dirigea vers un seau où il y avait d'autres bières.

— Tout ce bordel nous a rendus comme fous, dit Macario.

— Qu'est-ce que je fais ? demanda José Daniel, subitement entraîné par le terrible tourbillon du sous-sol de Santa Ana, secoué par la force des émotions et des souvenirs, en regardant les doigts de Valentin se crisper, de plus en plus blancs, sur la bouteille de bière.

— Il s'agit d'une affaire policière. Elle ne relève pas de la compétence de la police de Santa Ana mais, devant l'inefficacité de la police de l'État, qui se contente uniquement de persécuter les paysans et de ménager les trafiquants de marijuana pour avoir sa part du gâteau, nous nous chargeons de l'enquête. Ça, c'est l'histoire officielle, et l'histoire réelle, pour une fois. Personne ne vous demande, ici, de cacher quoi que ce soit. Mais nous devons agir ensemble, parce que si on ne fait pas gaffe, ils vont nous envoyer les tanks et le reste, les chars du défilé et les plus belles fleurs de l'*ejido*.

— Et on va l'avoir dans le cul, dit sentencieusement l'un des mineurs.

— Tu l'as dit.

— Vous auriez dû me prévenir, lorsque vous m'avez fait venir ici, fit J.D.

— Si nous avions su, nous serions peut-être restés là-bas, dit Macario.

— Non, je veux parler de la pluie, qui ne tombe pas, termina J.D., et il s'en alla sans écouter les rires.

Encore sept couloirs et douze marches. Canales l'attendait en fumant devant la porte de Radio Santa Ana.

— Ce con de Fritz dit qu'il ne faut pas fumer dans le studio. Il est fou, ce type.

— Nous allons lui offrir un cigare de Veracruz pour voir s'il résiste, dit J.D. ; et il entra dans le studio, le cigare au bout du bras.

Fritz le vit du coin de l'œil pendant qu'il parlait affectueusement à son micro. J.D. avait déjà remarqué la chose : la relation amoureuse présentateur/micro, presque masturbatoire, cette façon qu'ont les professionnels de le prendre et de le caresser, de *lui* parler.

— ... des chansons pour les amoureux à la tombée du soir, avec la voix de la Angelica Maria des années soixante, quand être amoureux était un défi au destin. Des chansons pour vieux amoureux nostalgiques, ou pour les jeunes irresponsables qui n'achètent pas leur pâte dentifrice à la pharmacie Campos, qui patronne cette émission...

Fritz appuya sur le levier de la console et, d'un léger coup de coude, lança le tourne-disque. Du travail de professionnel.

— Merci, mon vieux, dit-il. Et il s'empara du cigare et l'alluma sans autre forme de procès.

— Nous aimerions que vous nous donniez la primeur de l'enquête, dit Canales à José Daniel, mais en toisant Fritz avec une folle colère.

— Il n'y a pas grand-chose à dire. Nous nageons dans le brouillard.

— Comme qui dirait, le roman en est à l'étape de l'enquête. Au moment où il y a des tas de fausses pistes et que l'on ne sait pas où l'on va.

— A dire vrai, dans mes romans tout est assez clair. Je vais donner une conférence de presse, et quand j'aurai mis un peu d'ordre dans mes idées pour parler avec les journalistes, je reviendrai et vous donnerai une information.

A la moitié du couloir, Barrientos évitait les journalistes. Il avait sa tête des mauvais jours.

— Bonsoir, collègues, dit José Daniel. Et il reçut deux flashes.

— Que pensez-vous de cette affaire, José Daniel ? Cette fois il ne s'agit pas d'un roman, n'est-ce pas ? fit le correspondant de *La Jornada.*

— Les deux assassinats ont-ils quelque chose à voir entre eux ? demanda l'envoyé de *El Sol de San Luis Potosí.*

— Le commandant de la police de l'État affirme que vous êtes un intellectuel de la capitale et que vous n'aviez jamais vu un mort. Que la municipalité s'est comportée de façon irresponsable en vous nommant chef de la police et vous, en acceptant cette charge, dit, avec un accent du Nord, le journaliste de *El Porvenir*.

— A l'heure qu'il est, avez-vous identifié la gringa morte ? Pourquoi l'a-t-on tuée dans l'église ? Pourquoi a-t-on abattu ce tueur dans un cirque ?

— Des crimes semblables avaient-ils déjà été commis dans cette ville ?

— Allez-vous écrire un livre, avec tout ceci ?

— Savez-vous combien il y a eu d'assassins ?

— Quand allez-vous renoncer à votre poste ?

— Est-il vrai que vous avez un fusil et que vous ne savez pas enlever le cran de sûreté ?

— Combien d'agents compte la force municipale de Santa Ana ?

— Ces crimes n'échappent-ils pas à votre juridiction ?

— Quel âge avez-vous, José Daniel ?

— Vous écrivez un roman ?

— Vous écrivez un autre roman ?

— Vous écrivez un roman, avec tout ceci ?

46. Chère Ana/21 avril (II)

Chère Ana,

C'est encore moi, mais cette fois-ci je ne te demande rien (à propos, envoie-moi l'agrafeuse verte), je veux simplement te faire part d'une idée de roman, garde-la quelque part, il se peut qu'un jour je l'écrive.

Il s'agit d'un roman avec de foutus crimes, mais l'important ce ne sont pas les crimes, c'est (comme dans tout roman policier mexicain) le contexte. On va rarement se demander qui a tué, parce que celui qui tue n'est pas celui qui veut la mort. Il y a une distance entre l'exécutant et le commanditaire. Par conséquent, ce qui compte d'ordinaire c'est le pourquoi.

Aussi cette histoire a-t-elle plusieurs pourquoi, me semble-t-il. Les personnages ne sont pas très brillants, comme diraient mes voisins du studio de la radio, ils sont plutôt opaques.

Il y a une touche d'exotisme : une Nord-Américaine, mais elle n'a jamais l'air d'être à sa place. Elle est là comme par accident, prise dans une histoire qui n'est pas la sienne.

Il y a d'autres personnages plus sordides, plus quotidiens. Ce n'est pas la première fois qu'ils se trouvent impliqués dans un crime, c'est plutôt la foutième fois. Saint-Exupéry les identifierait par des raisons de cœur, Lombroso par leur aspect.

Ils exercent le mexicanissime métier de tuer sur ordre.

Voilà à quoi j'aimerais travailler, mais je ne parviens pas à m'identifier avec ces personnages, j'ignore s'ils suent des mains ou si leurs yeux se voilent dans l'exercice de leurs fonctions.

Dans ce roman, ils empestent, parce qu'ils souillent le paysage d'une ville dans laquelle il n'y a pas de mendiants et où il ne pleut pas.

Il faudrait consacrer deux cents pages du roman à l'absence de mendiants et à raconter comment les nopals fleurissent sur les versants de la sierra : un bon morceau pour les jours de pluie. Le reste, et seulement le reste, pourrait être consacré aux sinistres personnages qui abîment le paysage. Qu'en penses-tu ?

Je t'aime,
J.D.

47. Une odeur de marijuana

Il avait demandé au standard qu'on le mette en relation avec Marc Cooper, de Los Angeles, un vieil ami journaliste avec lequel il avait écrit une fois le scénario d'un film. Il s'étirait dans son fauteuil, qui ne craquait pas moins que ses articulations, quand on lui passa la communication. Il parla avec Marc pendant cinq minutes, aux frais de la municipalité, mélangeant l'espagnol et l'anglais, selon que les mots se bousculaient dans le fil téléphonique, ou y voyageaient. Et il hésitait entre un brandy et un café quand Merenciano fit son apparition. Propre comme un sou neuf, les cheveux collés au crâne, il venait de prendre un bain.

— Allez vous coucher, chef. Je vous laisse la voiture et je passerai la prendre ensuite devant la porte de l'hôtel. Laissez les clés à la réception.

— Tu me préviens, s'il se passe quelque chose ?

— Je vous préviens, s'il se passe quelque chose ?

— C'est ça, et dis à l'Aveugle d'aller se coucher, nous nous verrons demain matin et il me racontera... Si tu as un peu de chance, essaie de savoir tout ce que tu pourras sur le Chinois et sa veuve, Mme Ling. Voilà.

— Mme Ling ?

— Oui.

A la réception du Florida, avant de lui remettre la clé, on lui fit une commission :

— Un monsieur vous attend au bar.

C'était un chauve à la moustache poivre et sel, avec un air de santé. Il portait une veste de cuir noir et des gants. On aurait presque dit un fonctionnaire de la banque, paternel et télégénique. Dommage qu'il eût ce regard trouble, ces yeux larmoyants.

— Vous ne me connaissez pas. Je suis Sabas. Mais vous avez dû entendre parler de moi, c'est sûr, dit-il en lui tendant la main. Il ajouta : Je vous ai adressé un cadeau quand vous êtes arrivé et vous me l'avez retourné sur-le-champ. Une bien mauvaise éducation !

Le bar était solitaire, avec un garçon qui s'ennuyait derrière le comptoir et une télévision allumée que personne n'écoutait.

Devant Don Sabas, il y avait une bouteille de cognac et deux verres. José Daniel se servit un double (ou un triple, selon la mesure) et se renversa sur sa chaise en allongeant les jambes, son fusil appuyé contre la table entre lui et son interlocuteur.

— Je suis venu vous rendre un service.

Don Sabas parlait très lentement, en appuyant sur les mots, comme si l'autre était lent à comprendre Il expliqua :

— Vous, vous n'êtes pas d'ici. Allez donc savoir tout ce qu'on a pu vous raconter à mon sujet. Et comme nous n'avions pas le plaisir de nous connaître, j'ai voulu venir personnellement parler avec vous, sans curieux, ni intermédiaires, ni commissionnaires. Je suis venu vous dire que je n'y suis pour rien dans cette affaire. Je n'ai rien à voir avec ces deux morts.

— Comment voulez-vous que je le sache ?

— Si j'étais dans le coup, je ne vous raconterais rien.

— Et qu'allez-vous me raconter ?

— Des choses.

— Bien. Dans ce cas, racontez.

— Je ne sais pas si je devrais...

J.D. se leva, but le reste du cognac et saisit son fusil.

— Quand vous vous en sentirez le courage, vous me préviendrez. Je tombe de sommeil, aujourd'hui.

— Asseyez-vous. Ne soyez pas si pressé, que diable ! Mais réfléchissez un peu. Vous étiez si pressé que vous n'avez pas appris un certain nombre de choses que vous devriez savoir.

— Lesquelles, par exemple ? demanda J.D. sans s'asseoir.

— Par exemple, la mine est en train de se voler de l'argent toute seule. Elle ne déclare pas le tiers de ce qu'elle extrait. C'est un vol contre le pays. Ce minerai prend le chemin de la frontière par des moyens illégaux.

— J'ai deux morts sur les bras et vous dites que vous n'y êtes pour rien. Cela fait une semaine que je suis à Santa Ana, et la seule chose que je sache c'est que je ne sais pas pourquoi vous ne pourriez pas être mêlé à ces affaires. Par conséquent, si vous venez me voir et si vous me dites que vous n'y êtes pas mêlé, la première chose que je me dis c'est que vous l'êtes, en effet. Moi je ne vous connais que par ouï-dire, et encore, et la seule chose que je sais c'est que les 153 kilos de marijuana que nous avons saisis l'autre jour vous appartenaient, et que vous n'aviez pas l'intention de la réserver pour votre usage personnel. Et voilà que vous venez me raconter une connerie sur la mine... Et dans un moment, vous allez me lire le programme de la représentation de cirque de demain... De deux choses l'une : ou bien vous me dites qui porte la responsabilité des deux crimes, ou bien nous allons nous coucher chacun de notre côté.

— Bon sang, vous êtes bien impatient !

— Pour être patient, il faut dormir huit heures.

— Ce sont deux hommes qui ont tué la gringa, d'accord ? Vous en connaissez un, et l'autre c'est Duran Rocha, le chef de la police de l'État.

José Daniel s'assit et se servit un autre cognac double/triple.

— Pourquoi ?

— Pourquoi voulez-vous qu'il l'ait tuée ? Parce qu'on l'a payé pour ça.

— Qui ?

— Ça, c'est plus cher.

— Vraiment ?

— Avant la fin de l'année, vous oubliez mes ranchos.

— Bonne nuit, dit José Daniel, sans même regarder cette fois derrière lui.

48. Terres

Une voix tendue, qui sortait des haut-parleurs installés dans les rues de Santa Ana, le réveilla :

— Camarades ! On est en train d'occuper les domaines de la Vallée. Les paysans de San Carlos et de Los Horizontes récupèrent la terre de la Vallée ! Allons tous à la Vallée, pour les soutenir et nous solidariser avec eux... Attention ! Peuple de Santa Ana, les paysans de Los Horizontes sont en train de récupérer les domaines de la Vallée !...

Les cloches des églises de la ville sonnaient. José Daniel se leva, fit couler l'eau froide et plongea sa tête dans le lavabo.

Devant la porte de l'hôtel, l'Aveugle l'attendait, au volant de la voiture de police :

— J'ai pensé que tu voudras en être.

J.D. jeta son fusil sur le siège arrière et vérifia, dans le rétroviseur, que sa casquette de joueur de base-ball était correctement enfoncée sur sa tête. Il avait mal aux reins. Un vieux signe de peur.

— Ça se passe sur le territoire de la municipalité, ou à l'extérieur ?

— A l'extérieur, dans la municipalité voisine, à San Sebastian.

— Dans ce cas, nous y allons en qualité d'observateurs.

— Non, pour nous solidariser avec eux, dit l'Aveugle. Et il démarra.

La route secondaire était pleine de gens qui marchaient sur les bas-côtés, quelques-uns avec des couvertures et des pancartes. Beaucoup de mineurs en grève du puits n° 3, tous les lycéens avec leurs pulls verts, les femmes du marché, et même les trois camions de Coca-Cola dans lesquels, en lieu et place des bouteilles, voyageaient les prostituées organisées, avec leurs drapeaux rouges.

La voiture de la police avança peu à peu au milieu de la foule, sous des applaudissements sporadiques.

— L'occupation a eu lieu à l'aube. Jusqu'à présent, tout est calme, selon ce qu'on m'a dit, commenta l'Aveugle.

— Hier, je me suis dit que je ne savais même pas faire partir ce foutu fusil, dit José Daniel.

— Au retour, nous allons nous arrêter quelque part et je vous apprendrai.

— Les empreintes des bottes étaient identiques ?

— Elles étaient différentes. Mais je parie que vous ne savez pas quelle empreinte correspondait à chaque botte.

— Celle de l'Obscur correspondait à la trace de sang de l'église. Ça, c'est facile à comprendre.

L'Aveugle lui jeta un regard à la fois soupçonneux et admiratif.

— Vous en voulez encore ? L'empreinte de la botte, dans le cirque, a été faite par le chef de la police de l'État.

— Putain de merde ! Vous n'allez pas m'en mettre plein la vue, contre-attaqua l'Aveugle. Et il ajouta : Le type qui a tiré sur nous à la gargote, celui qui s'est tiré en quatrième vitesse, se trouve à Gonzalez Ortega, dans un hôtel, avec la trouille au cul.

— Et que fait-il ?

— Il attend quelque chose. Et j'avais raison, moi. C'était un des hommes de l'Obscur. Seulement voilà, maintenant il n'a plus de patron.

La foule se portait sur un côté de la route, où l'on voyait des clôtures renversées. Au fond, sur un petit coteau, un drapeau rouge.

— On va lui rendre une visite ?

On voyait de petits feux. Les occupants de terres déjeunaient. José Daniel se dit qu'un bon plat de haricots *charros* serait le bienvenu.

49. Il pleut à Santa Ana

Quand ils rentrèrent, il pleuvait à Santa Ana. La ville se métamorphosait en une agglomération fantôme, avec des ruelles fouettées par des trombes d'eau que, dans l'avenue, le vent faisait tourbillonner. Les rues paraissaient plus étroites, et José Daniel put constater que la ville était inclinée vers le centre, quand il vit les ruisseaux qui dévalaient sur les côtés de la rue de la Révolution en direction de la place.

— Vous aimez la pluie ?

— Beaucoup. Et vous ? répondit le chef de la police.

— Moi, elle me rend triste, dit Barrientos-l'Aveugle.

Il manœuvra en silence et arrêta la voiture devant la mairie. Ils descendirent et essayèrent de se protéger sous les auvents des balcons du premier étage.

La première alerte se produisit quand, en montant du premier au second étage, ils virent des gens qui se bousculaient.

— Ça se passe au bureau ? demanda l'Aveugle, et tous deux se mirent à courir.

Il y avait foule devant la porte de Radio Santa Ana. José Daniel et l'Aveugle se frayèrent un passage.

Canales et Fritz contemplaient, désolés, le fauteuil du présentateur qu'ils occupaient normalement à tour de rôle. L'extrémité d'une bande, qui s'était terminée, fouettait le tourne-disque. Il y avait un homme dans le fauteuil, et cet homme tournait le dos à la porte. L'Aveugle, plus rapide que le chef de la police, fit tourner le fauteuil, et le cadavre de Duran Rocha, le chef de la police de l'État à Santa Ana, les regarda fixement. Il avait un troisième œil à quelques centimètres du nez, et il en sortait une croûte de sang sec et de la chair brûlée. « Les charognards l'ont accompagné », pensa J.D.

— Vas-y, fils, dit Fritz en réagissant.

Canales s'approcha des micros et changea de levier. Fritz arrêta la bande et ouvrit le micro.

— Nous regrettons de devoir interrompre momentanément nos émissions. Mais nous nous trouvons ici, dans le studio de Radio Santa Ana, en compagnie de Fierro, le chef de la police, et de Barrientos, son assistant, afin de commencer l'enquête sur un crime...

La voix de Canales, d'abord tremblante, se faisait de plus en plus ferme.

— ... en direct de notre studio, où quelqu'un a déposé un cadavre pendant que les responsables de Radio Santa Ana déjeunaient...

— Il n'y a pas de sang, on l'a tué ailleurs, dit Barrientos.

— En effet.

— Le chef Fierro et le sous-chef Barrientos disent que le macchabée est le chef de la police de l'État, le célèbre Duran Rocha, que la population de notre ville n'aime pas — mais vraiment pas — beaucoup. Ils disent aussi que l'assassinat n'a pas été commis ici, parce qu'il n'y a pas de traces de sang. Le mort se trouve assis sur la chaise qu'occupent normalement vos serviteurs, aussi allons-nous devoir utiliser une autre chaise à l'avenir, et il a un trou au front...

— Une balle de petit calibre, du 22, tirée de près.

— Il est froid, dit J.D.

— ... et voici plusieurs heures qu'il a été assassiné, parce que, comme vous avez pu l'entendre, le cadavre est froid.

— Il y a quelqu'un dans notre bureau ?

— Vous avez besoin de quelque chose, chef ? demanda Juan Carlos Canales avec empressement.

J.D. ne put s'empêcher de sourire.

— Dites, s'il vous plaît, aux membres de la police de passer ici pour faire leur rapport. Et faites venir quelqu'un avec un Polaroïd. Bon sang ! il faudrait que quelqu'un coopère et que nous en achetions un. Appelez aussi le médecin.

— Chers auditeurs de Santa Ana, vous venez de l'entendre : le chef Fierro demande ses collaborateurs, un médecin et un Polaroïd, offert par quelqu'un, si possible...

— L'Aveugle, prends les empreintes des bottes.

Fritz posa la main sur son bras :

— Benjamin est au téléphone intérieur.

J.D. saisit l'appareil :

— Trois policiers de l'État se dirigent vers la mairie. Évite le choc. Négocie. Je ne veux pas de coups de feu, ni de bagarre. Si tu le souhaites, je descends pour vous donner un coup de main.

— Je vais me charger de ça, répliqua J.D., puis il dit à Barrientos, à l'oreille : L'Aveugle, fouille-le et garde le tout dans un sac. Les judas seront bientôt là.

L'Aveugle arma son 45 sans le tirer hors de l'étui, puis se mit à fouiller dans les poches du policier mort, et jeta les papiers qu'il trouvait dans une boîte de bande d'enregistrement.

Un petit ébranlement à l'entrée annonça l'arrivée des policiers. Celui qui venait en tête avait le visage défait. Le pistolet au poing, il jouait des coudes.

— Et maintenant, nous voici en présence de trois membres du groupe policier du défunt, bien connus pour leurs excès, et qui donnent des coups de coude aux curieux qui se pressent devant la porte de notre studio.

— Que s'est-il passé ici, merde ? Qui a tué notre chef ? dit l'homme.

— Nous n'en savons pas plus que vous. On l'a déposé ici à l'heure du déjeuner, quand il n'y avait personne.

— Nous nous chargeons de l'enquête, fit l'homme, et il bouscula J.D.

Soudain, il se courba : l'Aveugle, profitant de la confusion générale, lui avait enfoncé dans les reins le canon de son 45.

— Vous êtes à l'écoute...

— Ne bousculez pas, voulez-vous.

— Un médecin et un photographe ne vont pas tarder à venir.

— Pas question, on l'emmène. De toute façon, le crime n'a pas eu lieu ici, pas vrai ? dit un deuxième policier de l'État, qui faisait des pieds et des mains pour s'ouvrir un passage.

J.D. montra le fauteuil :

— Voyez, il n'y a pas de traces de sang. Il est froid. On l'a déposé ici. Quelqu'un veut vous opposer à nous.

— Enfant de putain, toi tu es déjà en face. Si je te vois..., dit le policier qui parlait le plus fort.

— Parle avec plus de respect, connard, dit l'Aveugle, et il lui enfonça un peu plus son arme dans les reins.

— Nous rejetons toute responsabilité devant la commission de la radiodiffusion au sujet des paroles malséantes qui ont été prononcées au cours de la présente émission en direct à partir des studios de Radio Santa Ana..., dit Canales, qui buvait du petit-lait.

50. Notes pour l'histoire de la municipalité rouge de Santa Ana
José Daniel Fierro

Santa Ana fut fondée par un homme qui voulait mourir, et non construire quoi que ce soit. Un dénommé Hernan Villalar, qui s'était écarté des routes de l'argent à partir de Zacatecas, qui avait dans le dos une flèche chichimèque qu'il ne pouvait arracher et qui lui empoisonnait le sang. Il resta ici parce qu'il rencontra deux nègres marrons appelés Simon et Sebastian qui chassaient des oiseaux avec des arbalètes, et qui lui préparaient des bouillons. Le fait que ceci date du milieu du XVIIe siècle n'empêche pas que l'histoire officielle se soit toujours évertuée à en faire l'essence des péripéties d'hommes désenchantés, sans amour de la vie, qui forgèrent de grandes richesses sans le vouloir.

Aussi le second personnage de l'histoire de Santa Ana est-il un Salinas, un de ces grands propriétaires terriens francisés qui volèrent la terre des communautés, la terre des indigènes détachés de la mine, en profitant de la réforme de Juarez. Un Salinas qui répondait au romanesque prénom d'Edmundo, et qui se suicida deux fois, la première fois à Santa Ana avec du vin de Porto empoisonné, et la seconde à Barcelone, quand cet imbécile eut l'idée de provoquer en duel un maquereau sévillan, ce qui lui ouvrit toutes grandes les portes du Paradis.

Santa Ana a eu un pianiste moyennement célèbre, et une paire de poètes bucoliques qui réussirent à percer pendant l'étape du porfirisme[1]. Tous trois moururent de tuberculose, collaborant de la sorte à la création du fantôme nécrophile qui hante l'histoire traditionnelle de la ville.

Ce fantôme se nourrit des aventures d'un Anglais, administrateur général des Mines, qui souffrait de spleen chronique et collectionna les perversions sexuelles, les albums de photos et les nus de peintres naïfs. Fort heureusement, on lui trancha la gorge à Torreón, alors qu'il était en train de s'envoyer un chrétien qui avait un cousin expert dans l'art de manier le couteau à cran d'arrêt.

A partir de 1923, l'histoire des grands hommes au sang maladif devient une histoire de gros bonnets bien nourris, à commencer par un colonel d'Obregón[2] appelé Salustio, et grand-père maternel du dénommé Barrio. A côté de lui, les scories de l'après-révolution firent leur beurre, en piétinant les histoires des autres, de ceux qui remplirent les vallées de blé et retirèrent assez d'étain des mines pour remplir des dizaines de milliers de wagons, et aussi, pourquoi pas, des suicidés et des tuberculeux légendaires.

Le colonel eut une nièce qui se jeta du haut du clocher de l'église parce qu'elle abusait du sirop pour la toux et croyait qu'elle pouvait voler. Mais ceci c'est de la petite histoire, dont la tradition a disparu peu à peu.

Depuis 72, l'O.P. a fait son entrée dans la chronique, les chroniqueurs ont changé, les grands personnages collectifs ont montré les dents, lancé des fleurs, bu de la bière.

---

1. *DÍAZ*, Porfirio. Président de la République pendant quarante ans. Développement du capitalisme, mais avec de forts investissements étrangers. Sa dictature devait déboucher sur la révolution de 1910.

2. *OBREGÓN*, Alvaro (1880-1928). Se soulève contre Carranza et devient président de la République (1920-1924). Lutte contre les privilèges de l'Église et des grands propriétaires fonciers.

51. La science, encore

J.D. attendit que Popochas-Lomax eût compté son argent, puis il prit son tour devant la caissière. La police de Santa Ana touchait sa quinzaine à la fin de la première et de la troisième semaine (c'est-à-dire vers le 7 et le 22 du mois), et le premier mois lui fut payé entièrement (la prime de la fusillade, avait dit Benjamin). Après avoir reçu l'enveloppe, il s'écarta pour permettre à Barrientos de se mettre devant la caisse, et il se mit à compter les billets.

— Dis-moi, Popochas, il leur arrive de se tromper, parfois ?

— Non, mais c'est rudement bon de les compter.

Au lieu de monter vers son bureau, J.D. se dirigea vers la grande porte d'entrée. Il voulait voir la pluie tomber. « Quel déluge ! » pensa-t-il tandis que des rafales lui fouettaient de temps en temps le visage.

— On vous appelle des États-Unis, chef ! Passez au bureau ! hurla Popochas du premier étage. J.D. monta à toute vitesse. Barrientos tenait le combiné d'une main et, de l'autre, un stylo et une feuille de papier.

— Allô, Marc ! Tu sais quelque chose ?

La voix de son ami, moitié en anglais, moitié en espagnol, commença à lui raconter une histoire, à 1 500 kilomètres de là.

J.D. nota sur la feuille de papier : « mère célibataire, sans mari ». Puis il dessina un papillon. « L'enfant avec les grands-parents. Le grand-père dit le père de l'enfant un Mexicain », « Amie laboratoire photographique : histoires étranges père de l'enfant. Elle n'en parlait jamais. Ville de Mexico il y a sept ans ». Il dessina un deuxième papillon.

— Ils viennent chercher le corps ? Tu viens, toi ? C'est le *Los Angeles Times* qui paye ? La semaine prochaine ? Oui, bien sûr... Apporte de l'aspirine... Salut, vieux.

Il raccrocha et contempla le papier.

— Ce judas avait un compte en banque, dit Barrientos, et il posa un chéquier sur la table. Il précisa, en montrant un relevé de compte : Hier, il a eu une rentrée d'un million de pesos.

— Autre chose dans les papiers ?

— Une lettre d'une pute de Ciudad Juárez qui lui demande de l'argent pour son fils.

— Tout le monde a des enfants en pagaille, là-bas.

— Où allons-nous, chef ? A Gonzalez Ortega pour y chercher l'assistant de l'Obscur ? Dans la rue où nous avons retrouvé la voiture pour parler avec les trois habitants ? Nous promener dans Santa Ana pour nous y montrer ?

— Et l'empreinte de la botte ? demanda José Daniel.

— Ça colle, c'est la même.

— Popochas, apportez l'ardoise.

— Nous allons faire appel à la science, chef ?

— Nous allons mettre un peu d'ordre dans cette affaire.

José Daniel regarda par la fenêtre. La pluie cédait. La ville que l'on voyait par la fenêtre était toujours Santa Ana, mais il n'était pas, lui, l'étranger, le naïf des premiers jours. La pluie ? Tant de choses en si peu de temps ? La pluie, décida-t-il.

— Voyons. S'il s'agissait d'un roman, nous n'aurions pas à faire appel à la science. Il serait on ne peut plus clair que la veuve chinoise a loué les services du policier de l'État et de l'Obscur pour tuer la gringa et que, par la suite, le policier de l'État a tué l'Obscur, et la Chinoise le policier de l'État. Comme il ne s'agit pas d'un roman, nous allons écrire sur ce côté ce que nous savons :

— Le 20 avril, entre 9 heures et 10 heures du soir, Anne Goldin est assassinée avec un couteau de cuisine dans l'église du Carmel. Deux hommes : nous savons par les empreintes des bottes que l'un d'entre eux est Duran Rocha, le chef des policiers de l'État, et l'autre, qui porte un chapeau texan, peut être l'Obscur...

— Qu'est-ce que j'écris sur le tableau ?

— 20 avril, Anne/couteau/entre 9 et 10/Duran Rocha et l'Obscur, ici un point d'interrogation... C'est ça. Sous-chef l'Aveugle, quelles questions faut-il poser ?

— Combien coûterait la bouteille de Bacardi si le prix de la canne à Veracruz avait augmenté de 17 % depuis un an et si le vampire de l'étiquette louchait plus que jamais à cause de la cuite qu'il se tient ?

— Et ça, je l'écris où ? demanda Popochas.

— Nulle part. Allons, l'Aveugle, réservez la littérature pour l'atelier de Canales. Quelles questions faut-il poser ?

— Pourquoi ? Pourquoi dans l'église, et nue ? Qui a payé ?

— Bien. Écrivez sous Duran Rocha : un million de pesos. Nous savons qu'il les avait dans sa banque... Comment s'entendaient-ils, ces deux-là ?

— Pas bien. Entre gitans, on ne se lit pas les lignes de la main. Mais ils se faisaient concurrence. Dans la ville, Duran Rocha avait davantage d'amis chez les gens du P.R.I., il penchait plus de leur côté. L'Obscur était un solitaire. Il allait et il venait. Moi, par exemple, je ne les ai jamais vus ensemble.

— Moi non plus, dit Popochas.

— Moi non plus, chef, dit Tignasse en rejoignant le groupe des amis de la science.

— Bien. Et maintenant, le second round : la voiture rouge. Les assassins la prennent. On la retrouve une heure quarante-cinq minutes plus tard dans une rue où il y a trois maisons.

— Qu'est-ce que j'écris ?

— Voiture rouge. Rue... Elle s'appelle comment, cette rue ?

— La rue Cachée.

— C'est ça. Ensuite, les trois maisons : celle de la veuve Ling, celle de Barrio, et... Comment s'appelle le tordu ?

— Lopez, l'ingénieur Lopez.

— Bien. Tignasse, pourquoi la voiture a-t-elle échoué là ?

— Ce sont les assassins qui l'y ont conduite, parce qu'ils voulaient prendre quelque chose, la fouiller.

— Et pourquoi ne l'ont-ils pas fait ? La valise se trouvait à l'intérieur. Pourquoi l'ont-ils abandonnée là ?

L'enquête devenait une enquête à la Maigret, mais avec trop de questions.

— Pour nous opposer à Barrio, dit l'Aveugle.

— Pour faire pression sur l'un des trois propriétaires des maisons. Voilà pourquoi on a laissé la voiture en face de chez lui. Pour faire monter la pression, et pouvoir extorquer plus d'argent. Voilà pourquoi la voiture était où elle était. On venait de l'y laisser, comme une carte de visite, dit J.D., très fier de lui.

— Ça me va, dit l'Aveugle.

— Voyons un peu : on paie ces deux salauds pour tuer Anne, et voilà que l'affaire manque de se gâter pour eux, parce que Anne devient une petite Californienne de vingt-cinq ans, avec un fils de six ans, au lieu d'être du matériel à traiter par la « science ».

— Un café, chef ? dit Barrientos, qui devinait que quelque chose était en train de se passer.

Merenciano entra en silence dans la pièce, puis ce fut le tour du Russe. Les forces de police de Santa Ana étaient au complet.

J.D. accepta.

— Alors, après l'avoir tuée, ils prennent la voiture et ils l'abandonnent en face de la maison de celui qui leur avait ordonné de la tuer, comme pour lui rappeler qu'il leur devait quelque chose. Qu'en pensez-vous ?

— Ils ne prenaient pas trop de risques ?

— Nous avons agi très vite cette nuit, vous ne croyez pas ?

— J'en ai bien l'impression, dit J.D., comprenant qu'après tout rien n'était clair, pas même ce qui semblait l'être.

— Troisièmement, nous savons que l'Obscur a été tué par le policier de l'État dans le cirque. Six coups de 45... Et ce judas, quel pistolet avait-il ?

— Un 45, comme 2 000 habitants de Santa Ana, comme moi, dit l'Aveugle.

— Et quatrièmement, poursuivit J.D. sans se troubler, le judas a été tué par celui qui a ordonné les assassinats.

— Pourquoi dans le cirque ?

— Je n'en sais rien, merde, répondit José Daniel.

— Vraiment. Et pourquoi dans le studio de la radio ? dit le Russe.

— Dans une église, dans un cirque, dans un studio de la radio... M'est avis qu'ils veulent mettre la merde à Santa Ana.

— Ça, ça nous renvoie à Barrio. Plus on en sait et moins on en sait. Savez-vous pourquoi ? Parce que plus on sait de choses, et plus on peut se poser de questions.

J.D. savait qu'il avait en tête une histoire qu'il avait imaginée en regardant tomber la pluie, mais elle était trop littéraire, trop romanesque, pour être vraie.

— Qui a vu pour la dernière fois le policier de l'État ? Moi je l'ai vu hier dans le parc, à 5 heures de l'après-midi. Après...

Et il disposait d'une autre réponse, plus romanesque encore, qui ne reposait sur rien. Une réponse qui supposait que, à Santa Ana, il y avait un traître. C'est ce qui se passe dans les romans, n'est-ce pas ? Et il disposait même d'une troisième réponse, mais l'histoire de la veuve chinoise appartenait à un autre roman. Il fallait agir, la « science » n'allait pas donner de réponse.

— Tignasse et le Russe, vous allez faire la lumière sur les faits et gestes du policier depuis hier. Barrientos, pouvez-vous faire sortir de l'hôtel l'assistant de l'Obscur et l'amener ici ?

— C'est hors de notre juridiction. Il faudrait y aller sans armes.

— C'est possible ?

— Comptez sur moi.

— Popochas, prépare la moto. Nous, on va aller voir du côté des Ricains.

Comme une petite armée, les membres de la police de Santa Ana se mirent à nettoyer leurs pistolets, à se lisser les moustaches, à se peigner, à secouer leur fatigue. Il valait beaucoup mieux payer de sa personne qu'utiliser la « science ».

— Et moi ? demanda Merenciano.

— Vous, effacez le tableau.

52. Tatouages

Hors de son pays, un Nord-Américain est un être vulnérable qui doit s'entourer de bouteilles de rafraîchissements, de pâte dentifrice et d'ouvre-boîtes électriques s'il ne veut pas mourir de solitude.

José Daniel essaya de vérifier le bien-fondé de cette idée, qu'il avait déjà écrite à plusieurs reprises, quand il entra dans le quartier de San Carlos et vit les petites maisons en duplex avec, devant, leurs 10 mètres carrés de jardin, et un jet d'eau qui faisait ressortir le vert brillant de l'herbe, bien qu'il eût plu le matin.

— Lomax, vous, quand vous serez grand, qu'est-ce que vous allez être ? demanda J.D. en criant pour dominer le bruit de la moto et du vent.

— Policier, chef.

— C'est un métier bien routinier, vous ne trouvez pas ?

— Oui, mais on se balade drôlement... A quelle maison allons-nous ?

— A celle que tu voudras.

Lomax freina lentement et s'arrêta à une dizaine de mètres d'un Ricain manchot qui, de sa main unique, balayait le jardin.

José Daniel descendit de la moto.

— *Do you speak our language ?* demanda-t-il directement.

— Oui, je parle un petit peu, dit le Ricain en souriant.

— José Daniel Fierro, le chef de la police de Santa Ana, dit J.D., et il lui tendit la main. L'autre la serra vigoureusement :

— Je lirai livre à vous. Johnny Walker.

— *That's a real name ?* dit J.D., décontenancé, en passant à l'anglais.

— Non, un surnom, c'est tout, et il se tourna vers la maison : Betty, *the chief of police ! The writer !*

Betty apparut, couverte d'un énorme tablier, tout semblait indiquer qu'elle était en train de préparer une tarte aux pommes.

— Je lirai *Notebook*.

— Ça vous a plu ?

— *Very fine the plot and the general idea. I also read* All Night Shooting and Dancing, *that's the one Betty likes most. Right ?*

— *Yes. It's my favorite. J.W. is also a writer.*

— Et qu'écrit-il ? demanda J.D., en se laissant tomber sur le gazon. J.W. l'imita.

— De l'histoire, surtout.

José Daniel montra la photographie :

— Vous la connaissez ?

— C'est Anne, on l'a tuée l'autre jour en ville, n'est-ce pas ? dit Betty dans une langue excellente.

— Que savez-vous d'elle ?

— Peuvent vous raconter plus meilleur c'est Jerry Martinez, *they're very good friends*. Allons, dit J.W., et il se leva.

Lomax et le chef Fierro suivirent le couple de Nord-Américains, qui passèrent dans le jardin voisin et se dirigèrent vers une véranda.

— Vous avez des livres traduits en anglais, chef ? murmura Lomax.

— Quatre romans.

— Jerry, voici le chef de la police de Santa Ana, dit Betty à un Chicano[1] grand et fort qui sortit pour les rencontrer dans l'entrée. Il arborait une moustache aussi belle que celle du chef de la police.

---

1. *Chicano* : Nord-Américain d'origine mexicaine.

— Connaissiez-vous Anne Goldin ?

— Bien sûr. Nous étions d'excellents amis. C'était une fille bien, répliqua le Chicano.

— Vous vous êtes vus, lundi dernier ?

— Elle est passée ici le matin pour m'apporter un livre que m'a envoyé ma sœur de San Jose...

— Que faisait Anne à Santa Ana ?

Jerry regarda fixement le chef de la police, puis il se décida à répondre :

— Elle venait voir le père de Tommy, son fils, un garçon qu'elle avait retrouvé ici après de longues années. Une curieuse histoire, elle ne m'en a jamais beaucoup parlé... Elle est venue pour nous faire des photos, et en parlant, nous avons découvert que nous avions quelque chose en commun : elle avait fait ses études à San Jose avec ma sœur. Et nous nous sommes vus deux fois l'année dernière, et cette année elle m'a apporté le livre en question. L'année dernière, elle m'a dit qu'elle reviendrait parce qu'elle avait retrouvé à Santa Ana le père de Tommy.

— Elle ne vous a pas dit de qui il s'agissait ?

— Non. Et je ne le lui ai même pas demandé. Je sors peu d'ici. Je ne peux pas bouger beaucoup à cause de ma blessure.

Il souleva sa chemisette et découvrit une énorme cicatrice à la hauteur du foie.

— Rien ? Pas un seul renseignement ?

— Cela, ça c'est passé l'an dernier. Cette année, nous n'en avons même pas parlé. Elle a dit qu'elle apportait une photo de Tommy pour me la montrer, mais qu'elle l'avait laissée à l'hôtel. Et l'année dernière, rien. Sauf que le père de Tommy vivait à Santa Ana et qu'elle l'avait retrouvé. C'est tout.

J.D. serra des mains, repoussa une invitation à manger du gâteau, promit de revenir quand les choses se calmeraient pour parler de littérature et lire un manuscrit de J.W., puis il se dirigea vers la moto en compagnie de Lomax.

Ils démarraient quand Jerry cria :

— Chef ! Elle a vaguement parlé de réunir les tatouages… Je n'ai pas bien compris, mais elle avait un tatouage au bras, n'est-ce pas ?

53. Déclarations

— Ce type est complètement dingue. Il souffre du mal d'amour, voici cinquante fois qu'à sa demande nous passons *Stéphanie*, la chanson de Zitarrosa, et j'ai déjà reçu vingt plaintes d'auditeurs, dit Fritz à José Daniel, qui était devenu l'arbitre des conflits mineurs de Radio Santa Ana.

— J'ai un cadeau pour vous dans le bureau, lui dit Barrientos, quand il le vit dans le couloir.

— Allez donc savoir où le policier de l'État a traîné ses guêtres pendant toute la nuit dernière, lui déclara Tignasse.

— La mine menace de riposter par le lock-out, informa Mercado quand ils se croisèrent devant la porte des toilettes.

— Barrientos, appelez le docteur Jiménez. Demandez-lui si le policier avait un tatouage, il doit l'avoir maintenant sur sa table à la morgue et il peut l'examiner tout à son aise, dit José Daniel en franchissant le seuil de son bureau.

— Ce n'est pas moi, chef, dit l'assistant de l'Obscur, qui était attaché sur la chaise du chef de la police.

— Moi non plus, répliqua José Daniel pour gagner du temps.

54. Chère Ana/22 avril

Chère Ana,

Le roman continue. C'est un roman à tatouages. Il a comme personnages un commandant de la police de l'État qui a un tatouage sur la fesse, qui dit : « Celui qui arrivera jusqu'ici ne s'en sortira pas vivant » ; et aussi une Nord-Américaine qui a sur son avant-bras une rose minuscule et la phrase : « *Loneliness is the heart of life* ». On trouve aussi dans le roman, pour ne pas faire trop simple, un tueur albinos qui a un serpent à plumes tatoué sur le bras gauche.

Comme tu peux le constater, il semble s'agir d'un roman de Vazquez Montalban, et non de l'un des miens.

Le héros en est un Chinois qui se consacre au commerce et qui mène une double vie, parce que, dans une de ses arrière-boutiques, il pratique aussi l'art interdit du tatouage exotique japonais (lui est chinois et le tatouage japonais, ça fait problème, mais ce n'est pas un problème insoluble).

J'ai plusieurs problèmes, l'un étant que l'enfant de la photo n'a pas le moindre trait asiatique, l'autre, que je ne me décide pas à aller voir les tatouages du gros bonnet du P.R.I.

Le roman, toutefois, en dépit de mes hésitations, ne cesse de se remplir de cadavres étranges et de déclarations déplacées.

Qu'en penses-tu ? Demain, je t'adresserai le troisième chapitre.

Un énorme baiser dans la solitude de cette chambre monacale,

J.D.

55. Renoncer, moi ? Mon œil !

— Je suis venu vous voir parce que...

— Arrête, veux-tu ? dit J.D. en s'affalant sur son lit métallique. Et il ajouta : Il ne manque plus qu'une chose : que quelqu'un arrive à l'hôtel et dise : « Je suis venu à Comala parce qu'on m'a dit[1]... »

Benjamin s'assit sur le tapis, au pied du lit.

— L'Aveugle m'a dit ce que le tueur lui a raconté. L'ordre de vous abattre ne venait pas d'en haut. J'ignore si vous devez vous en réjouir ou pas, mais, si vous voulez renoncer à votre poste, cela me paraît juste.

— Renoncer, moi ? Mon œil ! dit J.D. dans sa demi-euphorie.

Benjamin, par son arrivée, venait d'interrompre une soûlerie en chambre qui se prolongeait au septième étage d'un édifice qui en comptait quatorze.

— Et puis, la température est en train de monter salement, chef.

— Vous apportez votre bouteille ? Je ne vais pas pouvoir vous proposer la mienne. Et moins encore si vous continuez à bouger, connard, dit J.D.

— Putain de mère ! La belle cuite ! Et moi qui ne m'en étais même pas aperçu. Je reviens tout de suite.

Et le maire de Santa Ana sortit de la chambre en laissant la porte ouverte.

---

1. Début de *Juan Páramo* (1955), le célèbre roman de Juan Rulfo. *(N.d.T.)*

J.D. ne se gêna pas. Pis, il baissa son pantalon et montra les roubignoles à une servante qui passait dans le couloir.

Cinq minutes plus tard, Benjamin était de retour avec sa propre bouteille de brandy. Il ferma la porte, s'assit par terre et, d'une gorgée, but le quart du récipient.

— Pour vous rattraper, putain.

— Vous allez prendre une sacrée cuite, monsieur le Maire. Après, ces foutus Chinois vont vous attraper, et ils vont vous couvrir de tatouages, vous allez vous retrouver tatoué à mort, et le 16 septembre vous n'allez pas rigoler en sonnant les cloches de l'Indépendance, tatoué des pieds à la tête.

— C'est de cela que je voulais vous parler. Nous n'allons pas arriver au 16, monsieur le Chef de la police. Ils vont nous casser les reins avant.

— Qui ? Les Chinois ?

— Les Chinois, nous sommes trop forts pour eux. Ils nous lèchent les bottes.

— Le cul, dit J.D. en le montrant, non sans difficulté.

— Non, je veux parler du gouvernement.

— Le gouvernement ne me lèche pas le cul, à moi.

— Le gouverneur a soumis hier au Congrès de l'État une demande de destitution de la municipalité de Santa Ana. La presse de l'État m'accuse des assassinats. Ils disent que vous voulez tendre un piège à Barrio et que, sous ce prétexte, nous allons le tuer. Des policiers sont arrivés de tous les coins de l'État et ils encerclent les occupants des terres. Ils sont armés jusqu'aux dents.

— Ils doivent vouloir nous faire un sacré tatouage sur la fesse.

— Mais que signifie cette histoire de tatouages ?

— La barbe, putain. Changez de sujet.

Benjamin, pour être dans le ton, siffla un autre quart de sa bouteille, et la rasade sembla interminable à J.D., qui en but une autre, plus courte. Bon ou mauvais, le brandy mérite d'être siroté.

— Que vous disais-je ? demanda Benjamin.

— Ça y est, vous êtes soûl, Benjamin.

— Je ne suis jamais soûl, moi.

— Moi non plus, dit J.D., et il se précipita pour vomir dans le lavabo.

— Une bien mauvaise cuite ! Une cuite de flic !

— Moi, je suis un flic démocratique, rétorqua José Daniel, en tentant d'essuyer sa bave, pour qu'elle ne coule pas. Titubant, il put regagner son lit, sur lequel il s'affala de nouveau. La bouteille était toujours à sa droite. Il en but une gorgée pour se rincer les dents.

— Vous me plaisez terriblement, Benjamin. Santa Ana me plaît terriblement. J'étais un connard qui écrivait un roman dans le D.F., et Santa Ana me plaît terriblement.

— Je vous l'ai dit : vous aussi vous me plaisez terriblement... Qui les a tués ?

— Qui peut le savoir, merde ? Vous croyez que si je le savais, moi, je resterais ici en train de me cuiter ? dit José Daniel avec difficulté.

— Ils vont nous baiser.

— Pas question. Demain, je saurai qui sont les assassins, ce sont des trouillards.

— Vous en êtes sûr ?

— Sûr et certain. Ces foutus assassins sont des pédés. Demain, je me les baise.

— Vous me plaisez terriblement, chef Fierro, dit Benjamin. Et il vomit dans le lavabo.

— Oh, là, là ! vous avez attrapé une bien sale cuite, dit José Daniel Fierro en souriant à sa bouteille, qui bougeait moins que le maire.

56. Vous devez être les seuls

Quand le jour se leva, il pleuvait encore, et la ville était couverte d'affiches humides imprimées avec trois types d'encres, et qui appelaient à une manifestation du P.R.I. pour 6 heures du soir. Devant la porte de l'hôtel Florida, José Daniel Fierro, tout vaseux avec sa gueule de bois, les contemplait en se demandant s'il allait traverser la rue sous une pluie battante.

La voiture de la police de Santa Ana, fastueusement peinte en rouge et noir, s'arrêta devant la porte de l'hôtel.

— On a tiré sur les paysans, hier soir, dit l'Aveugle en lui ouvrant la portière. Et il ajouta : Benjamin est en train de donner une conférence de presse. Tu veux y aller ?

— Nous allons visiter la rue Cachée, l'Aveugle.

— Seuls ?

— Tous seuls et avec nos anges gardiens.

— Tu veux lire la presse de la capitale de l'État, *El Heraldo* et *El Independiente* ?

— Que disent-ils ?

— Le Congrès local est en train de débattre pour savoir s'ils vont nous ôter nos prérogatives. Aujourd'hui, il y a une manifestation du P.R.I. et aussi un meeting de l'O.P.

— Le P.R.I. a des partisans, à Santa Ana ?

— Quelques-uns. Les autres, ils les font venir d'ailleurs.

— Allons-y.

L'Aveugle démarra et, par les rues vides, gagna en cinq minutes la route nationale.

La rue Cachée était pleine de voitures. Les conducteurs avaient des mines rébarbatives, et certains étaient armés de fusils automatiques qu'ils mettaient bien en évidence en dépit de la pluie. Ils commencèrent à faire mouvement vers la voiture de la police de Santa Ana.

— A vous de jouer, murmura l'Aveugle.

— La manifestation a lieu à quelle heure ?

— A 6 heures, ils l'ont convoquée pour 6 heures.

— Dans ce cas, nous reviendrons.

La voiture démarra en marche arrière. On entendit deux coups de feu, et le pare-brise éclata, troué par une balle. L'Aveugle freina et sortit son 45.

— Laisse tomber, l'Aveugle, on reviendra, dit J.D. en retenant son bras.

Santa Ana était inondée de musique. Toutes les deux minutes, les voix de Fritz et de Canales se faisaient entendre à tour de rôle pour appeler à la manifestation.

Benjamin les attendait au bureau.

— La mission de la police de Santa Ana consiste à empêcher que les deux manifestations se rencontrent. Nous allons barrer la rue de la Révolution, devant ces trois pâtés de maisons. Je ne veux pas de provocations. La presse nationale se trouve présente à Santa Ana, cela peut servir de moyen de pression. Je peux compter sur vous ?

— Chez Barrio, il y a une cinquantaine de tueurs armés de fusils automatiques, et nous, nous sommes six, dit l'Aveugle.

— Nous verrons sur place ce qui peut être fait, dit José Daniel.

— Comment te sens-tu ? demanda Benjamin.

— Comme une vraie merde, répondit José Daniel Fierro.

— Avec moi, ça en fait deux, précisa le maire.

— Vous devez être les seuls, nuança le sous-chef de la police de Santa Ana.

57. Chère Ana/23 avril

Chère Ana,

Le roman se poursuit : C'est un roman où l'on joue. Des gens meurent, et ceux qui les tuent s'imaginent qu'ils les tuent pour telle ou telle raison, mais ils le font à l'instigation d'autres personnes qui, à leur tour, ont une autre raison, et ainsi de suite. De manière que l'on ne sait pas très bien pourquoi l'on meurt dans le livre.

Les personnages sont une Nord-Américaine qui vient au Mexique pour voir son ex-mari afin de lui soutirer une pension alimentaire ; l'ex-mari qui refuse de la lui verser ; une paire de tueurs à gages qui la tuent pour faire pression sur l'ex-mari ; l'ennemi de l'ex-mari qui les pousse réellement vers lui ; un complice de l'ex-mari qui négocie avec les assassins ; et un shérif de petite ville, à moitié paumé, qui se situe à mi-chemin entre la gloire synthétique et la folie.

Le charme du roman tient à ce que le shérif ne découvre rien, et à ce que les choses, simplement, se passent. Voilà ce qui me plaît dans ce roman, qui n'a pas de fin, qui n'est pas fermé, qui est, comme je te le disais de mes journées à Santa Ana, comme la vie même.

Qu'en penses-tu ?

Tu me manques,
J.D.

58. Notes pour l'histoire de la municipalité rouge de Santa Ana
José Daniel Fierro

Ces deux dernières années, qu'a apporté la municipalité rouge de Santa Ana à ses habitants ?

La question n'est pas facile. Cette municipalité n'a pas connu un mois de vie normale. Elle n'a jamais pu disposer dans son intégralité du budget qui lui revenait. Même ainsi, il est possible d'avancer un certain nombre d'idées dont tout le monde fait état, aussi bien à l'intérieur qu'à l'extérieur de la ville :

Une gestion honnête des fonds, qui a eu des conséquences sur bien des aspects mineurs : la propreté municipale, la reconstruction du marché, la naissance de six coopératives de production et de deux grandes coopératives de consommation, un grand ouvrage hydraulique d'irrigation, un travail culturel, sur lequel je n'ai pas pu me pencher mais dont tout le monde parle, à travers la Maison municipale de la Culture ; la nouvelle école secondaire populaire, des rapports plus sains avec les autorités, une moralisation de la police, un contrôle efficace sur le commerce, la reconstruction des trois monuments coloniaux de la ville. Des choses de ce genre.

Il est difficile de juger à partir de ces éléments. Il aurait fallu avoir vécu à Santa Ana il y a trois ans, et ce n'est pas mon cas.

Le plus important, peut-être, c'est que la municipalité a mis la ville debout. Ou, inversement, que la ville a mis debout sa municipalité. Et cela, oui, je l'ai vu.

Ces phénomènes de mobilisation de l'immobilisable, de progrès de siècles en quelques jours, de transformation de la mentalité, sont difficiles à constater dans un pays où, si souvent, la plainte se substitue à l'action.

59. Rues

— La voiture au milieu de la rue. Devant le pâté de maisons suivant, les barrières métalliques. Tignasse avec la moto au coin des rues de la Révolution et Lerdo. Barrientos au milieu. Le Russe et Merenciano, rue de la Révolution et dans la 6e Rue. Pas d'automobiles dans la rue, de façon que, d'un simple coup d'œil, nous puissions nous voir. Les barrages au centre.

Les mineurs passent derrière eux, sur quatre rangs, avec des barres et des pics, avec des bâtons. Le bruit de la foule augmente dans les rues battues par le *chipi-chipi*, cette pluie fine qui ne mouille pas mais perce peu à peu les vêtements jusqu'à atteindre le corps. Radio Santa Ana est silencieuse. Le matin, ses installations ont été sabotées, les techniciens s'efforcent de la réparer. Ils y parviendront au milieu de la manifestation, et soudain, le discours de Benjamin remplira les rues vides de Santa Ana et la place bourrée de monde. Sa voix furieuse : « Qu'ils s'en aillent ! Ils n'ont rien à faire dans notre ville ! Personne ne peut nous obliger à négocier notre liberté ! Personne ne peut venir nous dire comment nous voulons vivre, comment nous voulons organiser nos journées, nos passions, nos besoins. Personne ne peut venir nous refuser le droit de travailler honnêtement, le droit de travailler ensemble, le droit de ne pas nous laisser exploiter. Le droit d'être la municipalité libre de Santa Ana. Aucune Assemblée de députés à gages qui se traînent devant le pouvoir central ne peut décréter que nous n'existons pas. Nous voici ! Ici ! Nous sommes le peuple de Santa Ana ! Ni les cris, ni les votes, ni les journaux, ni les tanks ne sauraient nier cette vérité simple, mais définitive : Nous existons. Oui, nous existons ! Oui, nous existons ! Santa Ana vaincra ! » Et le rythme des santaanavaincra santaanavaincra répétés dans un fracas qui menace de renverser les murs, les poteaux électriques, d'arrêter la pluie, répond à Benjamin.

José Daniel sent la clameur qui lui cogne dans le dos tandis qu'il essaie de deviner, au-delà du *chipi-chipi*, si la provocation progresse. Si la ville noire crachera la mort. Le soir tombe. Il n'y a plus que des ombres.

— Je crois qu'ils ne viendront pas. Ils n'ont pas dû en réunir beaucoup, dit Barrientos.

Maintenant, il fait nuit. Les premiers groupes des manifestants de l'O.P. commencent à se disperser. José Daniel ordonne que l'on retire le dispositif de protection.

60. Nocturnes

— Mon voisin se lève la nuit quand il cloit que personne ne le voit, dit la voix au téléphone.

J.D. n'eut pas besoin de demander à qui elle appartenait. Il réagit comme un personnage de Earl Derr Biggers.

— Que pouvez-vous me dire encore, madame Ling ?

— Depuis hiel la maison de mon autle voisin est pleine de messieurs almés.

— Je vous remercie pour cette information.

— La jeune Amélicaine les a vus tous les deux, l'aplès-midi où elle a été tuée. Elle s'est rendue d'abold dans une maison, et ensuite dans l'autle.

José Daniel se gratta la tête.

— Je vous remercie, madame.

— Je continue à les voir, je continue à vous dile à vous.

— Très aimable de votre part, dit le chef de la police de Santa Ana, et il raccrocha le premier.

José Daniel était en train de prendre une douche quand le téléphone avait retenti, mais il ne se sentit plus le courage de se remettre sous le jet d'eau. Il avait froid. Sur la table, à côté du manuscrit qu'il avait commencé à écrire sur l'histoire de la municipalité rouge de Santa Ana, il y avait les photos qu'Anne avait prises. Il voulait en revoir deux : celle de l'ingénieur Lopez, le faux infirme, et celle de Melchor Barrio, le gros bonnet du P.R.I. à Santa Ana. Quelque chose, dans ces photos, aurait dû le mettre sur la piste. Mais quoi ? « Elle les a visités tous les deux. » Cela, il le savait déjà. Les photos le lui avaient dit. Et, quelques heures plus tard, elle était morte. Que s'était-il passé au cours de ces visites ? Qui avait ordonné de la tuer ? Pourquoi était-elle nue et dans une église ? Qu'auraient pu raconter le tueur et le policier de l'État ? Que se passait-il donc, merde, dans cette ville qui commençait à s'embraser ?

J.D. n'avait pas de réponses à ces questions. Ce n'était pas un problème de logique. Que disait Javier, son cousin, quand il manquait d'information ? « Ce n'est pas calculable. » C'était bien cela, ce n'était pas calculable. Il n'avait même pas pu s'asseoir en face des deux hommes. Le faux paralytique, le gros bonnet. Le fait de connaître la vérité servait-il vraiment à quelque chose ? Allait-il arrêter, avec cette vérité, l'orage qui tombait sur Santa Ana ?

José Daniel se rhabilla. La pluie fouettait la fenêtre.

Devant la porte de l'hôtel Florida, l'Aveugle l'attendait dans la Volkswagen, en fumant une cigarette.

— Je me suis dit que nous ferions des visites nocturnes, chef.

— Vous devinez trop bien mes pensées, l'Aveugle, je vais vous mettre sur la liste des suspects.

— De l'assassinat du policier de l'État et de l'Obscur, peut-être, mais pas de la gringa, je vous en prie.

L'automobile se dirigea une fois encore vers les faubourgs de Santa Ana, mais n'entra pas dans le lotissement.

— Le paralytique n'est pas un paralytique, dit J.D.

— Comment l'avez-vous su ?

— Moi aussi j'ai mes sources d'information, voyez-vous.

— Nous prenons à droite ? A gauche ? Nous nous cachons ? Nous nous montrons ? Nous allons chez l'ingénieur ? Nous allons chez Barrio ? Nous allons prendre l'air, tout simplement ? Je vous écoute.

— Règle n° 17 des romans policiers que je n'aime pas : l'assassin est celui auquel on s'attend le moins.

— Et la règle n° 17 des romans policiers que vous aimez ?

— L'assassin est un enfant de putain qui manque de s'échapper.

— Et qu'aimez-vous ?

— Une combinaison des deux : le paralytique qui n'est pas un paralytique, et Barrio. Ensemble.

— Allons jeter un coup d'œil.

La voiture prit une nouvelle fois la direction du lotissement. Elle s'était trouvée trois fois dans cette rue : la rue Cachée. La maison de Barrio était plongée dans l'obscurité. Quelques lumières brillaient dans la maison de l'ingénieur, et il y avait une lueur blafarde au second étage de la maison de la veuve chinoise.

— Barrio n'est pas en ville. Il doit se trouver à la capitale, en train de négocier le butin, chef.

— Occupons-nous de l'ingénieur.

Il connaissait l'homme qui leur ouvrit la porte. C'était celui que l'on voyait sur les photos en train de pousser la chaise roulante. Il était plus grand qu'il ne l'aurait cru d'après les clichés.

— Nous voulons parler avec l'ingénieur Lopez, dit l'Aveugle.

Lopez se montra. Il poussait les roues de sa chaise et franchit une porte battante qui semblait être celle de la cuisine. José Daniel ôta sa casquette et la suspendit au canon de son pistolet, coquettement. L'Aveugle resta debout, à côté de lui, toisant le majordome de la tête aux pieds.

— Qui êtes-vous ?

— Écoutez, mon vieux, cette question, c'est moi qui devrais la poser. Mais j'ai lu dans la presse certaines de vos déclarations accompagnées de photos, et je vous ai même vu il y a quelques années dans une émission télévisée, dit le paralytique qui ne l'était pas.

— Vous, vous n'êtes pas un paralytique. Vous vous cachez à Santa Ana. Vous, vous êtes l'ex-époux d'Anne et le père de son fils. Votre nom n'est pas Lopez. On a mis la voiture rouge devant votre maison pour faire pression sur vous. Mais ce n'est pas vous qui l'avez tuée.

José Daniel se tut. Il attendit. Puis il marcha vers l'homme et lui ôta ses lunettes noires.

L'homme avait des yeux gris. José Daniel entendit un bruit de lutte derrière lui. Il devina que l'Aveugle se chargeait du majordome. Il ne se retourna même pas.

— Laissez-moi voir votre bras.

L'homme resta immobile, le regard vague, assis sur sa chaise. José Daniel saisit son bras gauche et retroussa la manche de sa chemise. Rien. Il renouvela l'opération avec le bras droit, et découvrit le petit tatouage, une rose, avec les mêmes mots, mais dans notre langue : « La solitude est le cœur de la vie. »

— Je peux très bien vous prendre quelques photos sans lunettes noires et les faire circuler parmi les journalistes qui se trouvent à la mairie. L'un d'eux va vous reconnaître à coup sûr. Ce n'est qu'une question de temps.

L'homme n'essaya pas de le regarder. Impassible, impeccablement peigné, un foulard gris autour du cou. Un portrait d'une autre époque. José Daniel se retourna. L'Aveugle était en train de ligoter le majordome avec un cordon de la persienne.

— L'Aveugle, allez jusqu'à la voiture et rapportez-moi ce maudit Polaroïd, il est dans la boîte à gants.

Barrientos termina son travail, vérifia les liens, et sortit de la maison. J.D. contempla de nouveau l'homme à la chaise roulante, qui, maintenant, regardait avec curiosité son propre tatouage, comme s'il le voyait pour la première fois. A ce moment précis, Archer se serait mis à parler avec le personnage, et l'aurait ramené dans le passé. Voilà ce qu'adorait Ross McDonald : les hommes qui ne peuvent revenir de leur passé. José Daniel s'en moquait éperdument. Il voulait seulement savoir. L'Aveugle entra avec l'appareil. José Daniel prit quatre ou cinq photos de l'homme à la chaise roulante. Il les remit à l'Aveugle, qui sortit en silence de la maison.

— Vous pourriez nous épargner ce travail, dit le chef de la police de Santa Ana.

L'homme ne répondit pas, il se contenta de lui adresser un sourire triste. José Daniel se laissa tomber dans un fauteuil, son fusil entre les mains. C'était une salle de passage, quelqu'un avait choisi les meubles pour l'homme silencieux, quelqu'un avait décidé que les brocarts allaient bien avec le tapis couleur moutarde, quelqu'un avait apporté le bar et l'avait même rempli de bouteilles exotiques.

— Vous devez avoir un nom, dit J.D. pour dire quelque chose.

L'homme le regarda fixement.

— Il y a une mallette avec un demi-million de dollars dans l'armoire encastrée de l'entrée. Je vous achète votre fusil.

— Pourquoi le voulez-vous ?

L'homme regarda son tatouage et prit de nouveau un air rêveur. Puis il se leva. J.D. le mit en joue, mais il n'y avait aucune agressivité dans ses mouvements. L'homme se dirigea vers l'armoire scellée et revint avec la mallette. Il la posa entre eux deux. Il repoussa la chaise roulante, comme si jamais plus il n'allait en avoir besoin, et ouvrit la mallette au milieu du tapis. Elle était pleine de billets de 100 dollars. 5 000 billets de 100 dollars, calcula J.D., en liasses de 100 soigneusement retenus par une petite bande, en tout : 50 liasses.

— Je n'ai pas besoin du fusil. J'ai un pistolet quelque part. Donnez-moi seulement deux minutes...

— Votre voisin est absent, les lumières sont éteintes, ces deux minutes ne vous serviraient à rien... Je vous propose un autre marché : je vous échange les photos de votre fils et les photos du corps d'Anne dans l'église, contre une histoire.

J.D. chercha dans la poche de sa chemise, et en retira les Polaroïd de la jeune femme trouvée morte dans l'église. Il les passa à l'homme, qui les prit comme si elles lui brûlaient les doigts. Il les examina l'une après l'autre.

— Si vous ne me racontez pas l'histoire, je la devinerai.

— Mon Dieu ! dit l'homme sans pouvoir quitter des yeux une des photographies.

« Une thérapie de choc », se dit J.D., et il continua à faire pression sur l'autre, tout en caressant la détente de son fusil.

— Et Barrio, que vous a-t-il offert ? La sécurité pour toujours ? C'est pour ça qu'il l'a fait tuer, pour continuer à vous faire chanter, et, par la même occasion, pour provoquer un peu Santa Ana. Cet homme a une mentalité utilitaire. Je n'ai pas pu faire sa connaissance, et c'est bien dommage.

L'homme laissa tomber les photos sur la mallette.

— Je n'ai jamais vu les photos du petit.

— Elles sont dans mon bureau. Je vous les montrerai quand nous arriverons.

— Et les dollars, vous n'en voulez pas ?

— Je crois bien que non, dit J. D.

— Le fusil, c'était pour moi. Barrio est chez lui, mort. Nu dans sa baignoire. Avec une balle dans chaque œil. J'ai éteint en sortant.

José Daniel lui sourit.

— Et les dollars, vous n'en voulez pas ?

— Non. Je n'en ai pas besoin. Santa Ana me paie 72 000 pesos par quinzaine et il m'arrive de toucher quelque chose au titre de mes droits d'auteur.

— J'ai été sur le point de vous expliquer que Goldman Verlag allait vous publier trois romans et qu'il paie en marks, mais c'était inutile.

L'homme rangea les billets dans la valise, qu'il referma. Il prit soigneusement les photos et les tendit au chef de la police. Celui-ci les remit dans la poche de sa chemise kaki.

— Une sacrée merde, hein ? dit le chef de la police de Santa Ana pour dire quelque chose...

Cette fin ne faisait pas l'affaire, il se sentait pris dans une histoire qui n'était pas la sienne.

La voiture de la police de Santa Ana freina devant la porte de la demeure. L'efficace Barrientos allait apporter le reste de l'histoire. Mais l'histoire ne lui appartenait pas. Même pas un peu, vraiment ?

61. Chère Ana/23 avril (II)

Chère Ana,

C'est la fin du roman : le shérif de la ville n'y comprend rien, bien qu'il découvre tout sans le vouloir. Les méchants de cette histoire s'entre-tuent, et lui il reste là, à regarder le cimetière.

C'était un roman de « passions découvertes », pour la bonne raison que ce n'était pas un roman de « passions occultes », car, sur ces dernières, personne n'écrit plus.

Tout tourne autour du gros bonnet d'une ville, qui n'a pas de tatouage, et qui fait chier d'autres personnages qui, eux, en ont un. Il fait chanter un homme, tout en le cachant. Il fait tuer une femme. Il donne l'ordre à certains individus de mettre une voiture rouge dans une rue. C'est un roman du genre compliqué. Je ne sais pas si j'aimerais l'écrire, je crois bien que non : il n'accroche pas, il manque d'architecture dramatique, les personnages négatifs (comme diraient mes amis cubains) sont mal dessinés. Non, je ne crois pas que j'aimerais l'écrire.

Je suis plutôt certain que je n'aimerais pas l'écrire.

Mais je t'aime,

J.D.

62. Vous êtes à l'écoute de Radio Santa Ana

— Que se passe-t-il, chef ? demanda Canales devant la porte de la mairie.

La place était couverte de feux. Les gens attendaient quelque chose. José Daniel entra, en compagnie de l'Aveugle, qui tirait par la chaîne de menottes minuscules l'ex-chef des achats à la PEMEX [1], lequel avait disparu deux ans auparavant avec une valise contenant 11 millions de dollars.

— Que se passe-t-il ici ?

— Le Congrès de l'État a destitué la municipalité de Santa Ana il y a deux heures. Le conseil municipal est en train de siéger... Et celui-là ?

— C'est un pauvre diable. Il vient de tuer Barrio.

— Putain de mère ! C'est maintenant que ça va chauffer.

— Un de moins, dit l'Aveugle, en donnant une petite tape à l'homme correctement vêtu qui, en dépit de tout, n'était pas dépeigné, et dont le foulard gris ne s'était pas déplacé d'un millimètre.

— Emmène-le au bureau, l'Aveugle. Je vais voir Benjamin. Appelle les journalistes. Je vais leur expliquer que la municipalité n'y est pour rien, dans la mort de Barrio.

A ce moment précis, les haut-parleurs se mirent à résonner dans toute la ville. Curieusement, ce n'était pas le *Venceremos*, mais *Pénélope*, de Serrat.

---

1. *PEMEX* : Petróleos Mexicanos : Compagnie nationale qui extrait et commercialise le pétrole mexicain.

— Sacré Fritz, il est complètement cinglé, dit Juan Carlos.

La salle des séances était pleine de fumée. De petits nuages bleutés s'élevaient au-dessus de la grande table. Mercado, l'avocat, était assis à côté du téléphone.

— La nouvelle a été donnée dans le D.F. Une conférence de presse s'est tenue avant la fin du vote avec le représentant du gouvernement local. Ils ont un de ces culots !...

— Eh bien, nous savons ce qu'il nous reste à faire, dit Benjamin, qui avait les yeux irrités. Il poursuivit : Macario, dis aux copains de Radio Santa Ana que la municipalité appelle à la grève générale, totale et illimitée, à la fermeture des marchés, au blocage des routes. Transmets les déclarations à la presse. La moitié de la municipalité reste ici, l'autre moitié, avec la direction de l'O.P., se rend à l'endroit convenu. Et veillez à l'organisation par quartiers. Serafin, allez-y maintenant. Vous devez alerter toutes les communautés, d'ici à la Vallée. Toutes.

Les gens commencèrent à se lever. Benjamin se dirigea vers José Daniel.

— Bon sang ! Nous ne vous aurions pas fait venir dans cette ville si nous avions su que ce serait pour si peu de temps.

— J'ai touché mon mois, qui n'est pas encore fini...

— Je crois que je devrais tenir une réunion avec les policiers et parler un petit moment avec eux, mais je n'en ai pas le courage. Barrientos-l'Aveugle connaît le plan d'urgence, et il sait où garder les armes. Le moment venu... Je pense que vous devriez renoncer à votre charge et aller rejoindre la presse. Nous allons connaître des jours plutôt difficiles, et il ne serait pas mauvais que Santa Ana ait son chroniqueur.

— Laissons cela à d'autres, dit José Daniel, et il donna au maire une tape dans le dos.

— Tu ne vas pas t'adresser à ceux qui sont devant la mairie, Benjamin ? demanda le jeune dirigeant des mineurs du puits n° 3, que José Daniel avait vu en une autre occasion.

— J'y vais, dit Benjamin Correa en s'étirant.

— J'ai trouvé la solution de cette histoire.

Correa le regarda, surpris.

— Comment ? Vous ?

— Elle a trouvé sa solution toute seule. Je vous raconterai ça. Vous savez, Barrio a été tué.

— Par l'un des nôtres ?

— Non, par un homme à eux.

— Tiens, enfin, une bonne nouvelle, dit Benjamin, et il passa sur le balcon.

José Daniel descendit le perron où se trouvait la fresque murale de l'Enfer. Il regarda fixement l'image du gros bonnet du P.R.I. qu'il n'avait pas connu, et l'imagina couché dans une baignoire, avec deux balles dans la tête.

A l'entrée du studio de Radio Santa Ana, Canales l'arrêta. Fritz était à l'antenne : « Peuple de Santa Ana, nous apprenons qu'il y a deux minutes deux voitures blindées de l'armée ont fait leur apparition sur la route nationale. »

A ce moment précis, tous les haut-parleurs qui transmettaient les émissions de Radio Santa Ana se mirent à résonner. Fritz passait l'hymne national.

José Daniel, d'un pas fatigué, franchit la distance qui le séparait de son bureau.

63. Chère Ana/27 avril

Chère Ana,

Canales et Fritz, avec Barrientos, mon assistant, sont mes compagnons de cellule. Nous sommes en train de dessiner un échiquier à quatre dimensions. Canales a organisé un atelier sur la poésie de Netzahualcoyotl[1]. Moi, j'écris un roman. Bien que j'éprouve un certain remords à le dire, au milieu de tant d'injustice, de toutes ces saloperies qu'on a faites à Santa Ana, je me sens un homme heureux. Dis aux téléspectateurs du D.F. que je suis un homme heureux. Je suppose que tu vas attendre, pour divorcer, que l'on nous relâche tous. En attendant, tu pourrais tout de même m'envoyer les aspirines et le pull à col roulé que je t'ai demandés.

Je t'aime,
J.D.

P.-S. J'ai gardé ma casquette de joueur de baseball.

---

1. *Netzahualcoyotl* (le loup qui jeûne) roi aztèque du XVe siècle. *(N.d.T.)*

Table

Rivages/noir

Joan Aiken
Mort un dimanche de pluie (n° 11)

Robert Edmond Alter
Attractions : Meurtres (n° 72)

Jean-Baptiste Baronian
Le Tueur fou (n° 202)

Marc Behm
La Reine de la nuit (n° 135)
Trouille (n° 163)
À côté de la plaque (n° 188)
Et ne cherche pas à savoir (n° 235)

Tonino Benacquista
Les Morsures de l'aube (n° 143)
La Machine à broyer les petites filles (n° 169)

Pieke Biermann
Potsdamer Platz (n° 131)
Violetta (n° 160)
Battements de cœur (n° 248)

Michael Blodgett
Captain Blood (n° 185)

Paul Buck
Les Tueurs de la lune de miel (n° 175)

Edward Bunker
Aucune bête aussi féroce (n° 127)
La Bête contre les murs (n° 174)
La Bête au ventre (n° 225)

James Lee Burke
Prisonniers du ciel (n° 132)
Black Cherry Blues (n° 159)
Une saison pour la peur (n° 238)

W.R. Burnett
Romelle (n° 36)
King Cole (n° 56)
Fin de parcours (n° 60)

Jean-Jacques Busino
Un café, une cigarette (n° 172)
Dieu a tort (n° 236)

George Chesbro
Une affaire de sorciers (n° 95)
L'ombre d'un homme brisé (n° 147)
Bone (n° 164)
La Cité où les pierres murmurent (n° 184)
Les Cantiques de l'Archange (n° 251)
Les Bêtes du Walhalla (n° 252)

Andrew Coburn
Toutes peines confondues (n° 129)

Michael Collins
L'Égorgeur (n° 148)

Robin Cook
Cauchemar dans la rue (n° 64)
J'étais Dora Suarez (n° 116)
Vices privés, vertus publiques (n° 166)
La Rue obscène (n° 200)
Quand se lève le brouillard rouge (n° 231)
Le Mort à vif (n° 241)

Peter Corris
La Plage vide (n° 46)
Des morts dans l'âme (n° 57)
Chair blanche (n° 65)
Le Garçon merveilleux (n° 80)
Héroïne Annie (n° 102)
Escorte pour une mort douce (n° 111)
Le Fils perdu (n° 128)
Le Camp des vainqueurs (n° 176)

Hélène Couturier
Fils de femme (n° 233)

James Crumley
Putes (n° 92)

Mildred Davis
Dark Place (n° 10)

Jean-Paul Demure
Milac (n° 240)

Pascal Dessaint
La vie n'est pas une punition (n° 224)

Thomas Disch/John Sladek
Black Alice (n° 154)

Wessel Ebersohn
La Nuit divisée (n° 153)
Coin perdu pour mourir (n° 193)
Le Cercle fermé (n° 249)

Stanley Ellin
La Corrida des pendus (n° 14)

James Ellroy
Lune sanglante (n° 27)
À cause de la nuit (n° 31)
La Colline aux suicidés (n° 40)
Brown's Requiem (n° 54)
Clandestin (n° 97)
Le Dahlia noir (n° 100)
Un tueur sur la route (n° 109)
Le Grand Nulle Part (n° 112)
L.A. Confidential (n° 120)
White Jazz (n° 141)
Dick Contino's Blues (n° 212)

Howard Fast
Sylvia (n° 85)
L'Ange déchu (n° 106)

Kinky Friedman
Meurtre à Greenwich Village (n° 62)
Quand le chat n'est pas là (n° 108)
Meurtres au Lone Star Café (n° 151)
Le Vieux Coup de la sauterelle (n° 197)

Samuel Fuller
L'Inexorable Enquête (n° 190)
La Grande Mêlée (n° 230)

Barry Gifford
Port Tropique (n° 68)
Sailor et Lula (n° 107)
Perdita Durango (n° 140)
Jour de chance pour Sailor (n° 210)

David Goodis
La Blonde au coin de la rue (n° 9)
Beauté bleue (n° 37)
Rue Barbare (n° 66)
Retour à la vie (n° 67)
Obsession (n° 75)

James Grady
Le Fleuve des ténèbres (n° 180)

Russell H. Greenan
Sombres crapules (n° 138)
La Vie secrète d'A. Pendleton (n° 156)
C'est arrivé à Boston ? (n° 205)
La Nuit du jugement dernier (n° 237)

Joseph Hansen
Par qui la mort arrive (n° 4)
Le petit chien riait (n° 44)
Un pied dans la tombe (n° 49)
Obédience (n° 70)
Le Noyé d'Arena Blanca (n° 76)
Pente douce (n° 79)
Le Garçon enterré ce matin (n° 104)
Un pays de vieux (n° 155)
Le Livre de Bohannon (n° 214)

John Harvey
Cœurs solitaires (n° 144)
Les Étrangers dans la maison (n° 201)
Scalpel (n° 228)

George V. Higgins
Les Copains d'Eddie Coyle (n° 114)
Le Contrat Mandeville (n° 191)
Le Rat en flammes (n° 243)

Tony Hillerman
Là où dansent les morts (n° 6)
Le Vent sombre (n° 16)
La Voie du fantôme (n° 35)
Femme-qui-écoute (n° 61)
Porteurs-de-peau (n° 96)
La Voie de l'Ennemi (n° 98)
Le Voleur de temps (n° 110)
La Mouche sur le mur (n° 113)

John D. Mac Donald
Réponse mortelle (n° 21)
Un temps pour mourir (n° 29)
Un cadavre dans ses rêves (n° 45)
Le Combat pour l'île (n° 51)
L'Héritage de la haine (n° 74)

John P. Marquand
Merci Mr Moto (n° 7)
Bien joué, Mr Moto (n° 8)
Mr Moto est désolé (n° 18)
Rira bien, Mr Moto (n° 87)

Richard Matheson
Échos (n° 217)

Helen McCloy
La Somnambule (n° 105)

William McIlvanney
Les Papiers de Tony Veitch (n° 23)
Laidlaw (n° 24)
Big Man (n° 90)
Étranges Loyautés (n° 139)

Marc Menonville
Jeux de paumes (n° 222)
Walkyrie vendredi (n° 250)

Ronald Munson
Courrier de fan (n° 226)

Tobie Nathan
Saraka bô (n° 186)

Jim Nisbet
Les damnés ne meurent jamais (n° 84)
Injection mortelle (n° 103)
Le Démon dans ma tête (n° 137)
Le Chien d'Ulysse (n° 161)

Kyotaro Nishimura
Petits crimes japonais (n° 218)

Jack O'Connell
B.P. 9 (n° 209)

Liam O'Flaherty
L'Assassin (n° 247)

Jean-Hugues Oppel
Brocéliande-sur-Marne (n° 183)
Ambernave (n° 204)
Six-Pack (n° 246)

Abigail Padgett
L'Enfant du silence (n° 207)

Hugues Pagan
Les Eaux mortes (n° 17)
La Mort dans une voiture solitaire (n° 133)
L'Étage des morts (n° 179)
Boulevard des allongés (n° 216)

Bill Pronzini
Hidden Valley (n° 48)

Bill Pronzini/Barry N. Malzberg
La nuit hurle (n° 78)

Michel Quint
Billard à l'étage (n° 162)
La Belle Ombre (n° 215)

Diana Ramsay
Approche des ténèbres (n° 25)
Est-ce un meurtre ? (n° 38)

Philippe Setbon
Fou-de-coudre (n° 187)
Desolata (n° 219)

Roger Simon
Le Clown blanc (n° 71)
Génération Armageddon (n° 199)

Pierre Siniac
Les mal lunés (n° 208)
Sous l'aile noire des rapaces (n° 223)
Démago Story (n° 242)

Les Standiford
Pandémonium (n° 136)

Richard Stark
La Demoiselle (n° 41)
La Dame (n° 170)

Vidar Svensson
Retour à L.A. (n° 181)

Paco Ignacio Taibo II
Ombre de l'ombre (n° 124)
La Vie même (n° 142)
Cosa fácil (n° 173)
Quelques nuages (n° 198)
A quatre mains (n° 227)

Ross Thomas
Les Faisans des îles (n° 125)
La Quatrième Durango (n° 171)

Jim Thompson
Liberté sous condition (n° 1)
Un nid de crotales (n° 12)
Sang mêlé (n° 22)
Nuit de fureur (n° 32)
À deux pas du ciel (n° 39)
Rage noire (n° 47)
La mort viendra, petite (n° 52)
Les Alcooliques (n° 55)
Les Arnaqueurs (n° 58)
Vaurien (n° 63)
Une combine en or (n° 77)
Le Texas par la queue (n° 83)
Écrits perdus (1929-1967) (n° 158)
Le Criminel (n° 167)
Écrits perdus (1968-1977) (n° 177)
Hallali (n° 195)
L'Homme de fer (n° 196)
Ici et maintenant (n° 229)

Masako Togawa
Le Baiser de feu (n° 91)

Armitage Trail
Scarface (n° 126)

Marc Villard
Démons ordinaires (n° 130)
La Vie d'artiste (n° 150)
Dans les rayons de la mort (n° 178)
Rouge est ma couleur (n° 239)

Donald Westlake
Drôles de frères (n° 19)

Rivages / mystère

Charlotte Armstrong
Le Jour des Parques (n° 13)
L'Inconnu aux yeux noirs (n° 15)
Une dose de poison (n° 21)

Francis Beeding
La Maison du Dr Edwardes (n° 9)
La mort qui rôde (n° 12)
Un dîner d'anniversaire (n° 18)

Algernon Blackwood
John Silence (n° 8)

Mildred Davis
Crime et chuchotements (n° 14)
Passé décomposé (n° 16)
Un homme est mort (n° 20)

Michael Dibdin
L'Ultime Défi de Sherlock Holmes (n° 17)

John Dickson Carr
En dépit du tonnerre (n° 5)

William Kotzwinkle
Fata Morgana (n° 2)

Alexis Lecaye
Einstein et Sherlock Holmes (n° 19)

John P. Marquand
À votre tour, Mister Moto (n° 4)

Anthony Shaffer
Absolution (n° 10)

J. Storer-Clouston
La Mémorable et Tragique Aventure de Mr Irwin Molyneux (n° 11)

Rex Stout
Le Secret de la bande élastique (n° 1)
La Cassette rouge (n° 3)
Meurtre au vestiaire (n° 6)

Josephine Tey
Le plus beau des anges (n° 7)

Achevé d'imprimer sur rotative
par l'imprimerie Darantiere à Dijon-Quetigny
en septembre 1996

Dépôt légal : 3e trimestre 1996
N° d'impression : 96-0835

4e édition